JUMP j BOOKS

川田《かわだ》　久麻當郎《くまあたろう》

# 火ノ丸相撲《ひのまるずもう》 四十八手《しじゅうはって》

## 登場人物紹介《とうじょうじんぶつしょうかい》――

**潮 火ノ丸《うしお ひのまる》**

元《もと》小学生横綱《しょうがくせいよこづな》で国宝《こくほう》「鬼丸国綱《おにまるくにつな》」の異《い》名《みょう》を持《も》つ高校生力士《こうこうせいりきし》。満員電車《まんいんでんしゃ》が苦手《にがて》。

1年《ねん》 11月《がつ》29日《にち》生《う》まれ いて座《ざ》 O型《オーがた》

◆あらすじ◆

弱小《じゃくしょう》の大太刀高校《おおだちこうこう》（通称《つうしょう》・ダチ高《こう》）相撲部《すもうぶ》に現《あらわ》れた１年生《ねんせい》、
“小《ちい》さき”少年《しょうねん》・潮《うしお》 火《ひ》ノ丸《のまる》！
「デカく」「重《おも》く」が絶対《ぜったい》の競技《きょうぎ》に似合《にあ》わぬ体格《たいかく》の
この新入部員《しんにゅうぶいん》、実《じつ》は伝説《でんせつ》の小学生相撲《しょうがくせいずもう》“二冠王《にかんおう》”の逸材《いつざい》だった――!?
『火ノ丸相撲《ひのまるずもう》』の本編《ほんぺん》では語《かた》られなかった“裏側《うらがわ》”が明《あき》らかに！
ド白熱高校相撲漫画《はくねつこうこうすもうまんが》が、待望《たいぼう》の小説化第《しょうせつかだい》２弾《だん》!!

## 石神高校《いしがみこうこう》

### 金盛 剛《かなもり つよし》

通称《つうしょう》「金剛力《こんごうりき》」と呼《よ》ばれる強面《こわもて》の相撲部主《すもうぶしゅ》将《しょう》。極度《きょくど》の上《あ》がり症《しょう》。

3年《ねん》 5月31日生《がつにちう》まれ ふたご座《ざ》 A型《エーがた》

### 沙田 美月《さだ みづき》

中学横綱《ちゅうがくよこづな》で国宝《こくほう》「三《み》日月宗近《かづきむねちか》」と呼《よ》ばれる。趣味《しゅみ》はカラオケ。

1年《ねん》 7月9日生《がつかう》まれ かに座《ざ》 B型《ビーがた》

### 真田 勇気《さなだ ゆうき》

柔和《にゅうわ》な顔立《かおだ》ちとは裏腹《うらはら》に近隣《きんりん》のヤンキーたちから恐《おそ》れられる存在《そんざい》。

3年《ねん》 10月12日生《がつにちう》まれ てんびん座《ざ》 B型《ビーがた》

## 大太刀高校《おおだちこうこう》

### 辻 桐仁《つじ きりひと》

火ノ丸《ひのまる》の幼馴染《おさななじみ》で相撲《すもう》部《ぶ》の監督《かんとく》。斬新《ざんしん》な稽古《けいこ》法《ほう》を良《よ》く思《おも》いつく。

1年《ねん》 9月10日生《がつかう》まれ おとめ座 B型

### 小関 信也《おぜき しんや》

相撲部部長《すもうぶぶちょう》。真面目《まじめ》で面倒見《めんどうみ》が良《よ》く涙《なみだ》もろい性格《せいかく》。体格《たいかく》の割《わり》に少食《しょうしょく》。

3年《ねん》 5月10日生《がつかう》まれ おうし座 O型《オーがた》

### 五條 礼奈《ごじょう れいな》

ミスダチ高《こう》で佑真《ゆうま》の妹《いもうと》。相撲部女子《すもうぶじょし》マネージャー兼《けん》、生徒会副会長《せいとかいふくかいちょう》。

2年《ねん》 6月17日生《がつにちう》まれ ふたご座《ざ》 AB型《エービーがた》

### 五條 佑真《ごじょう ゆうま》

空手有段者《からてゆうだんしゃ》の相撲初心《すもうしょしん》者《しゃ》。元《もと》ヤンキーだが、意《い》外《がい》と育《そだ》ちが良《よ》く頭《あたま》も良《よ》い。

3年《ねん》 4月13日生《がつにちう》まれ おひつじ座 A型《エーがた》

### 堀 千鶴子《ほり ちづこ》

相撲部《すもうぶ》の女子《じょし》マネージャー。勉強熱心《べんきょうねっしん》で相撲知識《ちしき》も豊富《ほうふ》に持《も》っている。

1年《ねん》 2月25日生《がつにちう》まれ うお座 A型《エーがた》

### 國崎 千比路《くにさき ちひろ》

レスリングの国体王者《こくたいおうじゃ》で火ノ丸《ひのまる》に敗《やぶ》れ入部《にゅうぶ》。世界《せかい》一《いち》の総合格闘家《そうごうかくとうか》を目指《めざ》す。

2年《ねん》 12月14日生《がつかう》まれ いて座 B型

### 三ツ橋 蛍《みつはし けい》

元吹奏楽部《もとすいそうがくぶ》。運動部《うんどうぶ》の経《けい》験《けん》がないが、火ノ丸《ひのまる》に憧《あこが》れて相撲部《すもうぶ》に入部《にゅうぶ》する。

1年《ねん》 1月7日生《がつかう》まれ やぎ座《ざ》 A型《エーがた》

## 栄華大附属高校《えいがだいふぞくこうこう》

### 兵藤 真磋人《ひょうどう まさと》

千比路《ちひろ》の実兄《じっけい》。弟《おとうと》からは幼少時《ようしょうじ》より敵対《てきたい》視《し》されている。

3年《ねん》 8月9日生《がつかう》まれ しし座《ざ》 B型《ビーがた》

## 川人高校《かわとこうこう》

### 大河内 学《おおこうち まなぶ》

メガネがトレードマークのインテリ風力士《ふうりきし》。自称《じしょう》「未完《みかん》の大器《たいき》」。

1年《ねん》 2月8日生《がつかう》まれ みずがめ座《ざ》 A型《エーがた》

# 火ノ丸相撲《ひのまるずもう》 四十八手 弐

## 目次《もくじ》



【四十八手《しじゅうはって》】

相撲《すもう》の技《わざ》はかつて「四十八手」あると言《い》われた。この「四十八」は「たくさん」という意味《いみ》で、実際《じっさい》の決《き》まり手《て》を解説《かいせつ》した本《ほん》ではその数《かず》は四十八、八十八、九十六などさまざま。ちなみに現在《げんざい》、日本相撲協会《にほんすもうきょうかい》が認定《にんてい》している決《き》まり手《て》の数《かず》は八十二である。

# 第一幕 堀千鶴子のシークレットファイル

——私、どんどん相撲《すもう》が好きになっていく。

マネージャーとして相撲部に加わった堀千鶴子《ほりちづこ》は、相撲に引きこまれて今までにないほど感覚が研《と》ぎ澄《す》まされ、熱中していた。

潮火ノ丸《うしおひのまる》ら大太刀《おおだち》高校相撲部員は、今日も激しくぶつかり合っている。

「おらあぁっ!」

國崎千比路《くにさきちひろ》が辻桐仁《つじきりひと》を突き押しで圧倒する。金沢北《かなざわきた》高校の日景典馬《ひかげてんま》の相撲から盗んだ技をさっそく試《ため》しているのだ。体重の軽い辻をあっという間に土俵際《どひょうぎわ》に追いこんだ。辻はなんとか突きをかわそうとするものの、チヒロの突きは伸びがあってかわしきれない。チヒロの腕に辻の体が弓なりに反《そ》った。

「ゲット!」

最後の一突きで辻を土俵の外へ追い出そうとした瞬間、辻が待っていたかのようにその腕を脇《わき》に挟《はさ》むと、俵《たわら》に足をかけながら体を開いてチヒロを土俵外へ放り投げた。チヒロは自分が外に出されたことが信じられずに呆然《ぼうぜん》としている。

「な、なんだよ今の技!?」

「『網打《あみう》ち』っていうんだよ。漁師《りょうし》が網を打つような格好《かっこう》から、そう呼ばれる技だ」

息を弾《はず》ませながら辻がチヒロに教えた。

「くっそー！　ハカセは引き出し多いなぁ、いっつも一戦目だとやられちまう」

辻は五條礼奈《ごじょうれいな》から受け取った酸素吸入器を口に当て、呼吸を整えようと必死だ。

熱心に見ていたために呼吸をするのも忘れていて、息苦しくなってふーっと息を吐いた堀は、見守っている間に思わず力が入って、つかんでいたスカートがしわくちゃになっているのに気づいた。

名古屋《なごや》遠征を終え、大太刀高校の相撲部員はそれぞれ自分の課題を見つけて戻ってきた。

全国大会の開催が迫《せま》り、少しでも強くなろうと体を張っている。火ノ丸が小関信也《おぜきしんや》のぶつかり稽古《げいこ》の相手をしている。腰の重い小関の押しをこらえている火ノ丸は、小関の足が止まったところで突き落としを食らわせると、もう一度胸を出した。

「もう一丁！」

火ノ丸の充実ぶりはもちろんのこと、あれだけ非力《ひりき》だった三ツ橋《みつはし》蛍《けい》も今や堂々と他の部員たちとぶつかり合い、体《たい》をかわして相手の隙《すき》を突く鋭い動きを身につけていた。五條佑《ゆう》真《ま》と三番稽古を行い、立ち合いでの突っ込みとかわす動きを磨いている。

「おらぁっ！」

三ツ橋に後ろを取られそうになった佑真は、振り向きざまの突きで形勢をひっくり返すと三ツ橋を土俵の外へ追い出した。

「まだまだ！」

三ツ橋がひるまずに挑《いど》んでいこうとすると、辻が待ったをかけた。

「二人とも一瞬休んで。キツい時こそ、頭を冷やして課題を思い返して」

「おう」

レイナが佑真にタオルを差し出した。

「汗拭《ふ》いて。力《りき》みすぎてケガしないで」

佑真がその声に応《こた》えてタオルを手に取る。三ツ橋もレイナから受け取ったタオルで顔を拭《ぬぐ》って一息吐《つ》いた。その光景に堀が感心した。

——そうか、みんなが言わなくてもなにを必要としているか気づいてあげるのも、一歩引いて見られるマネージャーの役割なんだ。一緒に熱中して見ているだけじゃダメなんだ。

気合の入った声が響《ひび》き渡《わた》るなか、先ほどまでまわしをつけて稽古に加わっていた辻の姿がないのに堀は気づいた。

——もしかして、どこか調子悪いのかな……。

堀は気になって、道場の奥をのぞきに向かった。

相撲道場の奥にある部室に辻はいた。なにかカチャカチャと音がする。堀がそっとのぞきこむと、タオルを肩にかけた辻がまわし姿のままキーボードを猛烈な速さで叩《たた》いている。

「パソコン打つの、すごい速いんですね」

「このくらい普通だろ」

辻の視線は液晶モニタに固定されたままだ。

「よし、先月分の処理がすんだ。ちょっとここに座って」

辻は立ち上がって、パイプ椅子《いす》を堀に譲《ゆず》った。モニタには、たくさん数字の並ぶ表があ

った。

「これは先月の相撲部出費。ほら、これが食費に交通費、宿泊費。名古屋遠征の分だ。部費、増額してもらったからきちんと報告しないとな。いままで俺がやってたんだけど、これからは堀さんにやってもらいたいんだ。これは部費管理表。交通費とか消耗品《しょうもうひん》費とか費目ごとに数字を入れるの。使い方は見りゃだいたいわかるでしょ？」

堀はじっとパソコンの画面を見つめた。

「ぜんぜんわかんないです」

「よく見て。使った額は自動で合計が出る。こっちの表は予実《よじつ》管理用。使いすぎてないか毎月チェックして」

堀は首を振った。

「やっぱりわかんないです」

「まあ、自分でいじってみればわかるって。先月分は終わったから、今月分からは処理頼むよ。そうすれば俺も相撲に集中できる時間増えるし」

それだけ言うと辻はさっさと稽古に戻っていってしまった。

——相変わらず説明少ないんですけど……。

しかたなくパソコンに向かい、少し操作してみたものの、そう簡単に仕組みを理解できそうになく堀は途方《とほう》に暮れた。

——マネージャーってこういうこともするんだ……。思ってたのと違って難《むずか》しそうだけど、しっかりやらなきゃ。

堀は一度深呼吸をして覚悟を決めてから、もう一度モニタをにらんだ。

「どう、できた？」

辻が顔を出すと、堀はびくっとしてパソコンのタッチパッドから手を離した。時計を見ると、もう下校《げこう》の時間だ。

「……とりあえずやってみました」

「どれどれ」

辻がモニタををのぞきこむ。

「うん、うん……できてるじゃん。バッチリだよ」

堀がほっと胸をなでおろした。

「この調子で頼むよ」

辻は満足そうにノートパソコンの電源を落とした。


昼休み、辻は堀を部室に呼び出した。

「昨日《きのう》、部費の処理をやってもらったけど、さらにやってほしいことがあるんだ」

辻は整然と並べられたデスクトップのアイコンから、「部員」というフォルダを開いた。

そこには、火ノ丸ら部員たち全員の身長体重の推移や過去の体力測定結果、家族構成、学校の成績、食べ物の好《す》き嫌《きら》いに加えて、ふだんの癖《くせ》や通学経路など、詳細《しょうさい》なデータが網羅《もうら》されていた。

「通学経路って……」

情報のあまりの細《こま》かさに、堀は口を開いたまま画面を見つめていた。

「俺ら高校生は稽古する時間がなにしろ少ない。通学途中でできることがあったらトレーニングメニューを出したいんだ。たとえば体幹強化のために三ツ橋に電車通学の間つま先立ちでバランスを取る運動させたり、五條さんには動体《どうたい》視力を鍛《きた》えるために車窓から見えるものを目で追わせたり、とかね」

「ここまで細かく追ってるって、ほんとすごいです」

その言葉に辻はにやりとした。

「一歩間違えば……いいえ、辻さんは本物のストーカーなんですね」

辻と堀の間にしばし沈黙が流れる。

「……思いがけない方向からツッコミ入れてくるね。とにかく、体重は毎週量《はか》ってるから、これからは俺の代わりに入力よろしく」

「はい」

辻が新《あら》たなフォルダ「他校」を開いた。すると中には、さらに高校別に分かれたフォル

ダがたくさん入っている。

「他にもお願いしたいことがある。これは、俺が三年かけて集めたライバルたちの情報だよ。大会での勝敗記録、各選手の身長体重、取り組みの動画なんかが入っている」

『鳥取白楼高校《とっとりはくろう》』というフォルダを開くと、天王寺獅童《てんのうじしどう》や加納彰平《かのうあきひら》のデータがずらっと出てきた。

「大会の情報は公式ホームページに全部載《の》ってるから、記録を全部チェックするんだ。試合の映像もネットにアップされることが多いから、それを拾って残しておいて。あと、こからはできたらでいいんだけど」

辻がさらに「天王寺獅童」のファイルを開くと、さらに詳《くわ》しい天王寺の個人データが画面いっぱいに出てきた。相撲のことだけでなく、妹の天王寺咲《さき》が相撲部のマネージャーをやっていること、天王寺の公開している相撲の基礎動作以外のワークアウトの方法など、細かい情報が書きこまれている。

「これは……？」

「スポーツ選手ってのは、上になればなるほどわずかな差を争ってしのぎを削《けず》るもんだ。

その選手の癖をつかむには些細《ささい》なことも知っておいたほうがいい。天王寺ほどの選手だとインタビュー記事がたくさんある。それだけじゃなくって、部のブログがある高校もある。ぜんぶ拾っていきたい。なにか気になる情報があったら、それぞれのファイルに書きこんでおいてほしいんだ」

「すごい……」

堀の言葉に、辻が胸を張った。

「部員たちに活躍してもらうためにはなんでもしなきゃ」

堀は何度もうなずいた。

「私もストーカーになったつもりで頑張《がんば》ります」

辻が苦笑《にがわら》いした。

「ストーカーって人聞き悪いな。そうじゃなくって忍者になったつもりって思ってよ。これは情報戦なんだから。石田三成《いしだみつなり》も関ヶ原《せきがはら》で情報戦に負けて戦いに敗《やぶ》れたでしょ?」

「えっ、私が三成好きだって、どうして知ってるんですか!?」

堀は思わず大声で聞き返した。

「フフフ……他にもいろいろ知ってるんだよ。堀さんは、うちの大切なマネージャーだからね」

辻の不気味《ぶきみ》な笑いに、堀はぞくっとした。

――やっぱり正真正銘《しょうしんしょうめい》のストーカーだ！


堀は、その日から他校の選手の情報集めに取りかかった。インターハイ参加予定の部のブログをチェックすることが日課になった。情報発信に熱心な部は、頻繁《ひんぱん》に更新してインターハイに向けて準備をしている様子《ようす》を盛んにアップしている。石川《いしかわ》県の金沢北高もその一つだ。最近のブログ記事に、国宝《こくほう》の一人、日景典馬《ひかげてんま》が地道に四股《しこ》を踏んでいる写真があった。堀が目を留《と》めたのはその写真ではなく、典馬が四つに組み合っている写真だ。

――あれ、名古屋ではすごい突き見せてたけど、突き押し相撲だけじゃないんだ……。

さっそくこの写真を保存し、典馬フォルダに加えた。他の写真は保存まではしなかったものの、堀はすべて目を通した。写真からはインターハイに向けて熱く燃えている様子が伝わってくる。一番最近の記事はこんな内容だ。

「今日はOBの大景勝関《だいけいしょう》から差し入れがありました。五郎島金時《ごろうじまきんとき》を五キロと能登地鶏《のとじどり》八キロです。ちゃんこをがっつり食べて、大関みたいな体になりたいです！」

立派な力士となったOBと一緒に笑っている主将、相沢亮《あいざわりょう》と部員たちの顔には、充実感があふれている。

――みんな、日本一に賭《か》ける思いは一緒なんだ。でも……。

堀は大太刀相撲部のみんなの顔を思い浮かべた。稽古ではあまりのきつさにみんな一様《いちよう》に苦しい表情をしているが、一日の稽古を終えて道場を出るときには、満ち足りた顔をしている。

「ホタル！　ふらっふらじゃんか」

稽古を終えてもまだ余力のあるチヒロは、三ツ橋の背中をバンと叩いた。

「余裕ですって……」

三ツ橋は返事するのがやっとというありさまだ。みんなに追いつくため、筋トレを限界

まで励んだあとにぶつかり稽古を何度もこなし、体はあちこち悲鳴をあげていた。それでも、顔は一日やりきった充実感に満ちていた。

——どっちの思いが強いかなんて、決められない。けど、日本一になれるのはたった一校だけ。

入部して間もない堀には、日本一という地位が果てしない遠くに思えた。同時に、必ずその場所に立たなくてはならないという使命に奮《ふる》い立《た》った。


「見てください。新しい情報、仕入れました」

放課後、相撲道場で辻を待《ま》ち構《かま》えていた堀が、データを見せた。

「金沢北のブログに、ちゃんこレシピが載《の》ってました。大景勝関の部屋のレシピだそうです。栄養のバランスとか味とか参考にしたいですね」

「うんうん、うちのちゃんこに活《い》かしてくれると嬉《うれ》しいよ」

「あと、日景さんの両目が写っている写真がありました。これはレアものです！」

「……う、うん。たしかにレアだ。なにに役立つかわからないけど」

「それに、川人《かわと》高校の大河内学《おおこうちまなぶ》君のSNS、発見しました。彼、よく投稿してるんです。インターハイに向けてすごく張りきってて、練習も充実してるみたいですよ。一番最近の投稿では、ゲンを担《かつ》いでメガネを新しくしたって書いてありました」

「へっ!?　メガネ？」

辻は驚いて口をあんぐりと開けた。

「メガネを黒縁《くろぶち》に変えてより一層目力《めぢから》が強くなり、相手への圧力が増したって」

辻は思わず吹き出した。

「相撲取るときはメガネはずすんだから関係ねぇじゃん！　けどさ、大河内のメガネの話なんて、よくそこまで情報集めたなぁ。さすがの俺だってそこまで切りこめないわ。堀さんて怖《こわ》いなぁ」

「えーっ！　だって監督がどんな情報でも集めておけって」

「そりゃ言ったけど、まさかこんな熱心に追いかけるなんて思ってなかった。ひょっとし

て堀さんストーカー気質？」

「そんな……私、騙《だま》されました？」

「騙しちゃいないよ。そろそろ俺もストーカー仲間が欲しかったしね」

堀と辻は顔を見合わせて笑った。

「データ処理なんて、と思うかもしれないけどこれも立派な稽古のうちなんだ。俺一人では限界がある。助けてくれてありがたいよ」

「私ももっともっとみなさんの役に立ちたいです」

そう言って胸を張った堀の顔も、相撲部員たちに負けず希望で輝いていた。堀がまた一歩大太刀高校相撲部になくてはならない存在に近づいたのを、辻も、堀自身も強く感じていた。

「これからも頑張ってたくさん情報を集めます。どんな些細《ささい》なことも見逃《みのが》しませんよ」

「やっぱりなんか怖いな」

辻がつぶやくと、今度は堀が意味深《いみしん》にフフフッと笑った。

「カラオケでいつも歌わないけど、実は『昴《すばる》』が十八番《おはこ》だってことは知ってますよ」

「うっ、なぜ俺の秘密を⁉」

辻の背中に寒気が走った。

# 第二幕　チヒロの最強伝説

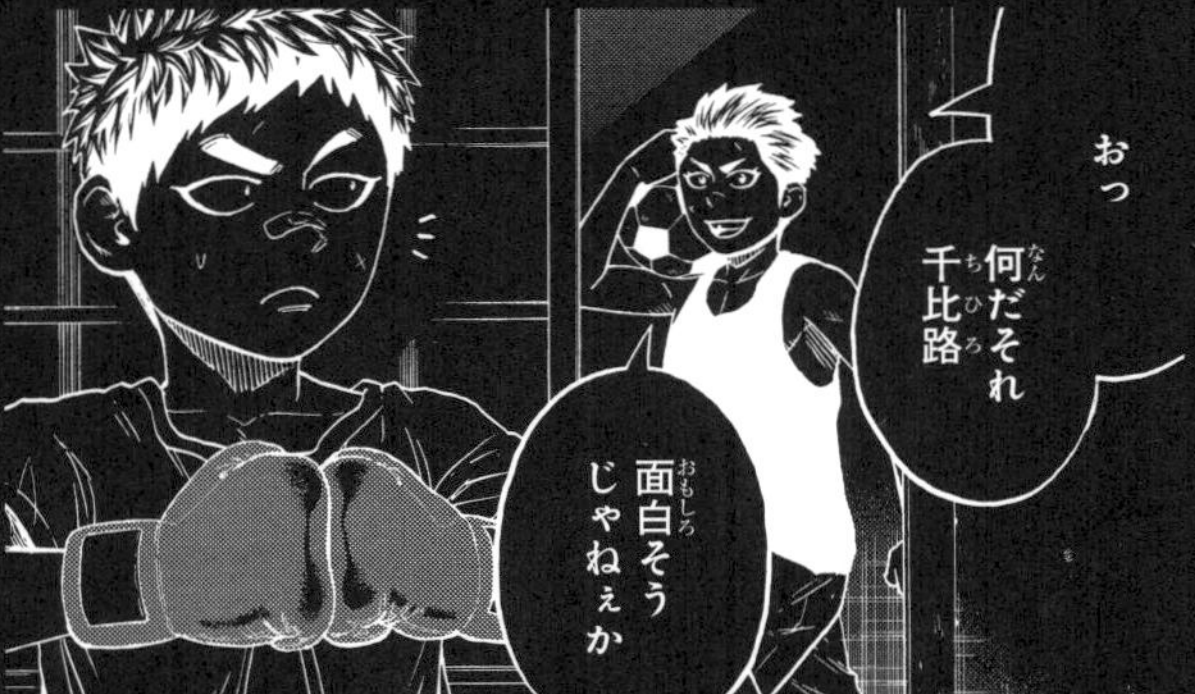

まだ小学五年生のチヒロが「最強」にこだわるのにはわけがあった。

チヒロの一歳上の兄、真磋人《まさと》は体格も格闘技センスも優《すぐ》れていて、チヒロが興味を持った格闘技を目ざとく見つけては後追いで始めてあっさりと追い抜かした。チヒロはボクシングでめった打ちにされたり、柔道で嫌《いや》というほど押さえこみされたり強烈な絞《し》め技《わざ》を食らったりと、いつも兄にコテンパンにやられていた。

――あの野郎、いつかボッコボコにしてやるからな。

いつか必ず勝ってやる、という思いを胸に抱きながら、いろんな格闘技に手を出しては兄に勝てる競技がないか探していた。

チヒロがいま一番興味を持っているのはプロレスだ。

プロレスには投げ技も関節技も打撃技もすべて備《そな》わっている。ライトに照らされた四角いリングの中で華麗《かれい》に飛び、激しいぶつかり合いを繰《く》り広《ひろ》げるプロレスは、チヒロの目には一番派手でカッコよく思えた。

「やっぱプロレスが一番だな！」

たまにしかないプロレスの放送日には、眠気に耐えて深夜まで頑張《がんば》った。眠気が吹っ飛ぶ戦いを見るたびに「プロレス最強」の思いを強くした。

だが、チヒロが大切に思っているプロレスでもすでに真磋人の侵略が始まっている。

「千比路《ちひろ》、こないだミノルがやってた固め技、超カッコいいよな！　えーと、なんつうんだっけ……」

尋《たず》ねられたチヒロが答えあぐねていると、真磋人の手足がからんできてあっという間に技を決められた。腕、足、首が同時に極《き》まる強烈な固め技だ。自分より体の大きな真磋人に体重を預《あず》けられ、苦しくて声が出せない。

「クッ……！」

「あれぇ、技かけられても思い出せないのかぁ？　しょうがねえなぁ、手伝ってやるよ」

真磋人はチヒロの脇腹《わきばら》を肘《ひじ》でえぐった。

「うぐっ……くそぉおお！」

「正解言うまで続けるぞぉ」

「ううっ、ま、卍固《まんじがた》め！」

「じゃあ卍固めの別名は？」

「はぁっ!?　別名!?」

「ほれほれ」

肘でチヒロの肋骨《ろっこつ》をゴリッとえぐる。

「ぐわっ！　わ、わかんねぇ……」

「ギブか？」

「ち、ちくしょうっ……ギブ！」

その瞬間、真礎人は力を緩《ゆる》め、チヒロを床《ゆか》に押し倒した。

「はい、残念。正解はオクトパスホールドでしたー！」

「知らねぇよそんなの……痛《い》ってぇ……」

チヒロは悔《くや》し涙《なみだ》がこみ上げてくるのをじっと堪《こら》えた。

そんな兄との熾烈《しれつ》な競争を日々繰り広げているチヒロは、同い年のクラスメイトに負けるわけにはいかなかった。

体育の授業が終わって後片づけをしている最中、体育館に残されていたマットの上でチヒロとシローの二人がじゃれ合うように組み合っている。もちろん真剣勝負だ。

「おりゃっ！」

チヒロがスープレックスでマットに沈めたシローを素早《すばや》く制圧して、両足をがっちり捕《つか》まえて裏返し、逆エビ固めの体勢に入った。シローの体が弓なりに反《そ》る。

「最強！　ボストンクラブだぜ！　どうだ、ギブか？」

「まだまだ！」

「なんだと!?　じゃあこれはどうだ？」

立ち腰になってさらに急角度で技を極めた。

「新技編《あ》み出《だ》したぜ！　チヒロスペシャル、スーパーボストンクラブ！」

「うおおお、きっつ！」

「どうだ、ギブだろ？」

チヒロが勝ち誇っていると、担任の丸田《まるた》先生が飛んできた。

「こらっ！　チヒロ、シロー、またなの!?」

丸田先生は完璧《かんぺき》なボストンクラブを極めているチヒロの技を解《と》いて二人の腕を取った。

「プロレスごっこは危ないからダメって言ったでしょ！」

丸田先生はヒゲの剃《そ》りあとが青々と濃く、その独特の風貌《ふうぼう》と言葉遣《ことばづか》いで子供たちに人気があった。

「ごっこじゃないよ、本気だもん！」

先生に怒られたあとも、チヒロはたいして反省している様子《ようす》はない。丸田先生がいなくなると、クラスの子から技を頼まれた。

「チヒロ、あれやってよ！」

「おう！」

チヒロは快《こころよ》く返事していきなりその場で宙返りをした。まるでトランポリンで跳《と》んでいるかのようにチヒロの体が軽々と空中で一回転する。

「おおー！」

「すげーっ！」

チヒロはクラスの子の歓声《かんせい》を受けて鼻高々だ。

「これくらい朝飯前よ。俺はプロレスの世界王者になるんだからな」

手を高々と挙《あ》げたチヒロは、いつか大観衆の歓声に、こうやって応《こた》えていることを夢見ている。

「プロレスってさー、ぜんぶやらせだろ？」

いい気分になっていたチヒロは、その一言《ひとこと》で冷水をぶっかけられたように感じた。

「いま、なんて言った？」

「うちの父さんがさ、プロレスなんて全部やらせだから、見るやつはバカだって言ってた」

勉強もスポーツもできる秀才の青山《あおやま》がチヒロに言い放った。

「そりゃ、チヒロはバカだもん」

と周囲がうなずくなか、チヒロは額《ひたい》に青筋《あおすじ》を立てた。

「やらせなわけねぇだろ！」

「だってさ、全部お芝居《しばい》なんだから、真剣勝負じゃないじゃん。戦ってるふりなんだよ、あれ」

「プロレスをバカにすんのかよ！　テメェ、プロレスに謝《あやま》れ！」

チヒロは顔を赤くして怒った。

「やだね。お芝居じゃないって証拠見せたら、謝ってやるよ」

「ああ、証拠見せてやる」

チヒロは青山の背後に回ると、いきなりコブラツイストをかけた。脇腹を不自然に伸ばされた青山は悲鳴をあげた。

「ひぃいいいっ！」

「プロレスラーはなぁ、いっつもこうやって技かけられてんだよ！　これが芝居なのかよ？」

「痛い痛いやめてぇ！」

「プロレスはガチだって認めたらやめてやる。認めろよ！」

「やめでぇぇぇぇ」

コブラツイストをかけられた青山は泣きだしてしまった。その声を聞きつけて、丸田先生が急いで戻ってきた。

「こらあっ！　チヒロなにやってるの！　コブラツイスト禁止って言ったでしょ！」

チヒロはパッと技を解いた。

「だって、こいつがプロレスはほんとにやってないとか言うんだもん。ガチだってこと教えてやったんだ」

「プロレスは技をかけられたら痛いし、怪我《けが》するし、プロレスラーはいつでも真剣に戦ってるの。だから嫌がるお友達に対して一方的に技をかけたりするのはプロレスじゃない、ただの弱い者いじめよ」

丸田先生に珍しく大声で叱りつけられ、チヒロはシュンとなった。

「チヒロ、あれは怒って当たり前だよな」

放課後、チヒロはシローに声をかけられた。

「なにも知らないくせにプロレスのことバカにしちゃってさ。俺も腹立ったもん」

「だよな、だよな！　さすが話わかるぜ」

チヒロは嬉《うれ》しくて何度もうなずいた。

「シローはわかるよな？　やらせなんかじゃないよな？　俺はいつも真剣にプロレスやってるぜ？」

「俺だってそうだよ。だから一生懸命、技の練習するんじゃん」

「ああー、もっともっと強くなりてーなー。強くなって俺は真磋人に勝ちたい！」

「一回ぐらい、なんかで兄ちゃんに勝ったことあるの？」

チヒロは肩を落としてみるみるしおれてしまった。

「ない。一回もない。ボクシングでも負けたし、柔道でも負けた。レスリングでも負けたから今度こそはと思ってプロレス始めたのにさ」

　シローはそっとチヒロの肩に手を回した。

「なあ、一番強い格闘技ってプロレスだろ？　違うか？」

「チヒロって、総合格闘技は好き？」

「まだちゃんと見たことねぇんだ」

「俺、最近見始めたんだけど、総合格闘技も面白いよ。ボクシング要素あり、キック要素あり、寝技もあり、投げもあり、なんでもありなんだぜ。プロレスより戦う時間が短いけど、その分瞬殺もあるしさ。チヒロに向いてるんじゃない？」

「瞬殺!?」

「絞め技とか、プロレスだとみんなギリギリまで頑張るじゃん。這っていってロープブレイクしたりさ。でも、総合はタップする前に失神しちゃったりするよ」

「マジかよ、そんなスゲェのか？　そんなのいつやってるんだ？」

「有料チャンネルでやってるよ」

「いいなー、うちは有料チャンネル観《み》れねぇ」

チヒロの家は貧しくて有料チャンネルには一つも加入していなかった。『オクタゴン』は有料チャンネルでしか放送していない。

「昨日《きのう》の録画してあるからさ、見にこいよ」

「マジか！　見る見る」


さっそくシローの家に上がりこんだチヒロは、初めて観る総合格闘技の番組が再生されるのをワクワクして待っている。

「テレビでかいなー」

「そう？　もっと大きかったらもっと迫力あるのになっていつも思うけど」

シローは手馴《てな》れた様子《ようす》でリモコンを操《あやつ》った。

「これこれ。昨日やってた『オクタゴン』だよ。いま人気急上昇中のMMA団体なんだ」

「エムエムエーってなんだ？」

「外国じゃ総合格闘技のこと、ＭＭＡっていうんだ。とにかく見てくれよ。すっげぇぞ、昨日のミドル級タイトルマッチ」

シローがリモコンを操作してその試合を流すと、チヒロは食い入るように画面を見た。

「赤のパンツが挑戦者な。ほら、挑戦者がタックルにきた。それを、チャンピオンがつかまえて……ここっ！」

チャンピオンが挑戦者の首を抱《かか》え、回転しながらマットに引きずり倒した。チャンピオンの腕が首にしっかり食いこんでいる。挑戦者は一瞬あがいただけですぐに失神してしまった。

「うおおおお、マジかよ！　これで終わり!?　なんだこれ!?」

その瞬殺劇にチヒロは興奮した。

「な、スゲェだろ？　ＭＭＡが熱いってわかったか？」

「さっきの決め技さ、速すぎてよく見えなかったんだけど、あれ、なんて技？」

「フロントチョークのことか？」

「その技どうやってやるんだよ、教えろよ！」

チヒロは初めて聞く技に高揚《こうよう》した。シローは庭にチヒロを連れ出して構《かま》えた。

「じゃあ、ちょっと俺にタックルしてこいよ。少し手かげんしろよ、俺が吹っ飛んじゃったら技かけられないから」

シローが足を開いて「こいっ」と構えると、チヒロは軽めにタックルに入った。シローはそのチヒロの首を上から抱えると、体をひねりながら地面に引きずり倒した。腕はがっちりとチヒロの首に入っている。

「クッ……！」

チョークスリーパーが首に食いこんで目の前が霞《かす》んだ。

「さ……最強っ！」

チヒロは首でブリッジをして、力ずくで絞め技から逃《のが》れた。

「うわ、強引《ごういん》に逃げやがった！　チヒロさぁ、試合じゃないんだから極まったらタップしてくれよー」

「やだね、試合でも練習でも負けたくねぇんだ。だって最強の男になるんだからな、俺は。

それより、いいこと思いついたぜ」

「なんだよ？」

チヒロはいきなりシローの首を押さえつけると、腕をからめてチョークスリーパーを極めた。さっきと同じように地面に引きずり倒す。そして、そこからアレンジを加えた。絞めているチヒロのほうがブリッジをしたのだ。すぐにシローはチヒロの腕をタップして降参した。チヒロが絞めを解くとシローが咳《せ》きこんだ。

「マジかよ、首折れるかと思ったぜ」

「このほうが首極まるだろ？」

「ちぇっ、技盗んだうえにすぐ改良しやがって。ったく、油断《ゆだん》ならねぇやつだな」

シローはちょっとあきれ顔をしたが、チヒロが誘うとまたいつものように二人で技の追求に夢中になった。

新しい格闘技を知って興奮したチヒロが家に帰ると、真礎人がうつぶせの体勢で漫画を読んでいた。足をぶらぶらさせている。チヒロは思わず息を止めた。

——絶好のチャンスじゃん！

そっと足音を忍《しの》ばせて近づくと、真礎人の両足を腕で抱えてスーパーボストンクラブの体勢に入った。が、危険を察知した真礎人はすぐ腕を突っ張らせて逃げ、チヒロの股《また》の間から顔をのぞかせた。

「ハハハッ、奇襲か！　面白《おもしれ》え！」

チヒロがまずい、と思った瞬間、真礎人は足を大きく振ってチヒロを吹っ飛ばした。

「っつう……」

壁に叩《たた》きつけられたチヒロは頭がクラクラしているところを、後ろから羽交締《はがいじ》めにされて首を極められる。

「どうだ、フルネルソン！　参《まい》ったか！」

「ぐあああっ」

チヒロは力で羽交締めを解こうとするが、腕力は真礎人のほうが上回っている。

「ぐぐ……ギブ」

チヒロが降参すると、真磋人は高笑いして腕を緩《ゆる》めた。

「俺を闇討《やみう》ちなんて百万年早《はえ》ぇな、千比路！」

ジンジンとしびれる首を押さえながら、チヒロはまた悔《くや》しさを胸にためた。

「真磋人、次はお前をやっつける！　俺は、総合格闘技で最強になるからよ！」

「ハハハッ、なんだぁそれ？　なにしたって俺には勝てないぞ。そんなお前にいいこと教えてやろうか」

「なんだよ？」

真磋人はさっき読んでいたマンガを手にした。

「主人公な、この巻の最後で死ぬぞ」

「ひでえよっ！　それ俺が買ったやつじゃん！　まだ読んでねえのに」

チヒロは半泣きになって叫んだ。

放課後、小学校の体育館に広げられたマットの上でにらみ合っているのは、体操着姿のチヒロと真礎人だ。チヒロは、見よう見まねで覚えた総合格闘技で真礎人に挑戦状を叩きつけたのだ。一方、真礎人はいつものとおりにチヒロを潰《つぶ》す気満々だ。

「俺に負けるとすぐ他の格闘技に変えちゃうの、なんでだ？　千比路はほんと飽《あ》きっぽいよなぁ。俺に負け続けるのが怖《こわ》くて逃げてんだろ。ダセェよなぁ」

「うるせぇ。今度こそはやっつけて、泣かしてやる！」

「口喧嘩《くちげんか》しにきたのか、戦いにきたのか、どっちなんだよ。さっさと始めろよ」

「降参したほうが負け。いいか？　いくぜっ！」

チヒロはファイティングポーズを取ると、慎重《しんちょう》に距離を詰めていく。

「お？　それっぽい動きしてるな。面白ぇ」

真礎人も同じポーズを取って距離を測《はか》った。

「マネすんなー！」

「マネすんにゃ〜！」

チヒロが怒鳴《どな》ると、真磋人もチヒロの口調でオウム返しにからかう。

「ムカつくぜ！」

チヒロはパンチのフェイントをかけながら距離を詰め、隙《すき》を見て素早《すばや》くタックルを仕掛けた。

「そんな甘いタックルで俺を倒せると思ってんのか？」

真磋人はその動きを見切ったつもりで受けの姿勢を取ったが、チヒロはタックルにいった腕を真上に振り上げた。股間《こかん》めがけた渾身《こんしん》の一撃は、間一髪《かんいっぱつ》で勘《かん》のいい真磋人に足で防御されてしまった。

「チッ！」

「千比路のくせに、俺の大事なタマ狙《ねら》いやがったな！」

真磋人は顔色を変え、ギアを上げた。獲物《えもの》を狩る肉食動物のように攻撃本能をむき出しにしてチヒロを狙ってくる。距離を縮《ちぢ》め、チヒロの首を押さえにかかると見せかけて目潰《めつぶ》し攻撃を行った。

「痛《い》って！　卑怯《ひきよう》もん！」

チヒロがわめいた。頭に血が昇《のぼ》り、目をつぶったままがむしゃらに突っこんでいく。そこを真磋人が闘牛士のようにひらりとかわし、チヒロの背後にまわって体をがっしり抱きかかえた。

「げえっ！」

今度は真磋人が叫んだ。チヒロが犬みたいに腕に嚙《か》みついたのだ。なりふりかまわず歯を立ててくるチヒロの頭に、目を血走らせた真磋人がかじりつき、ガリッと音がした。

「やめっ！　やめなさい二人とも！」

丸田先生の声が体育館中に響きわたった。

「兄弟喧嘩はそこまで！」

「喧嘩じゃないよ。総合格闘技だよ」

チヒロはすぐに反論した。

「総合格闘技⁉︎　目潰しに嚙みつきなんてダメに決まってるじゃないの！」

「えっ!? 総合格闘技ってなんでもありだろ?」

チヒロはポカンとした。

「もう、格闘技やるならちゃんとルール知らなきゃダメでしょ。ルールのない戦いなんて、格闘技じゃなくてただの喧嘩よ」

「こいつバカなんだもん、ルールとかムリムリ」

真磋人の言葉にチヒロがすぐ言い返す。

「バカはお前だろ!」

「喧嘩はよしなさいって言ってるの!」

「ちぇっ、喧嘩じゃねぇよ、真剣勝負だって」

丸田先生に叱られ、チヒロはしょぼんとなった。


「お母さまからもちゃんと教えてあげてください。格闘技をやるならルールを勉強してからやりなさいって。このままじゃ大怪我《おおけが》してしまいそうで不安です」

丸田先生が母親にこんこんと話しているのを、チヒロと真磋人は隣の部屋から盗み聞きしていた。チヒロのことを心配した丸田先生が家庭訪問にやってきたのだ。

「お父さまがレスリング、お母さまが柔道をやってらしたということで、チヒロ君があれだけ素晴らしい格闘技のセンスを持っている理由がわかりました。それならなおさら、この才能を磨《みが》かないともったいないです。ぜひ技術的なことだけじゃなく、アスリートとしての心構えを教えてあげてください」

チヒロはあくびをし始めた。

――眠たいこと言ってんなぁ。

「私も格闘技の経験があるので申し上げますが、チヒロ君がプロレス好きなのはよくわかっているので、まずレスリングをきっちりやらせてあげたほうがいいんじゃないかと個人的には思います」

チヒロは真磋人と顔を見合わせた。

「丸田先生、格闘技ってなにやってたんだろ？」

「わっかんね。ウソなんじゃね？　ちっとも強そうじゃないし」

真磋人は興味ないといったふうに自分たちの部屋に戻ってしまった。

丸田先生が母親と話し終わり、帰っていくのをチヒロは玄関まで見送りに出た。

「それじゃ、お母さんからのお話、ちゃんと聞きなさいね」

先生が帰ったあと、チヒロはすぐに母親に尋ねた。

「丸田先生、格闘技やってたって言ってたけどさ、俺そんなの聞いたことなかったよ。ほんとにやってたの？」

「もちろん」

「柔道とか？　それとも空手とか？」

「プロレスよ」

「プロレス!?　マジかよ」

チヒロは意外な事実に興奮した。

「もう、ほんといいかげんにして！」

丸田先生の悲鳴に近い怒鳴《どな》り声が教室に突き刺さった。授業時間になって教室に入ったところ、後ろでチヒロがシローにキャメルクラッチをかけていたのだ。

「キャメルクラッチも禁止！」

丸田先生は早口で叱った。

「俺たちだってすごく練習してるよ」

「それはよく知ってるわ。でも、本当に強くなりたいんだったらしっかり基礎をやらなきゃダメなの」

「基礎って？」

「怪我しないようにする訓練よ。プロレスラーはみんな基礎を持ってるの。自己流の人も、なにか他のスポーツをやっている人も、地道に体を鍛えているのよ。それからルールを必

ず守ることを学ぶの」

「総合格闘技は相手が失神するまでやっつけるよ。どっちが強いかはっきりさせるまでやるんだ」

「じゃあ、失神してる相手をさらに攻撃してた？　総合格闘技のいちばん大事なルールは相手をノックダウンさせたら攻撃をやめるってこと。それがなかったら死んじゃうじゃないの」

チヒロは一瞬黙って考えた。

「……俺は勝てたらそれでいいんだ」

「そんな考えじゃ、一生真磋人には勝てないわよ」

キッと力のこもった目でチヒロは丸田先生をにらんだ。

「だってさ、先生の言うことってさ、ルールとかなんだとか、眠たいことばっかかなんだもん。よくわかんねぇよ。そんなんでほんとに強くなれんの？」

「なれます」

「じゃあ証拠見せてよ。先生、プロレスやったことあるんでしょ？」

教室がざわついた。

「どうやら、私の過去の秘密を知ったようね」

シローはチヒロをつついて「どうなってんだよ？」と尋ねたが、チヒロは返事をせず丸田先生を見つめていた。

「俺はなんでも体で覚《おぼ》えるほうだからさ。ま、先生が俺に勝てたらの話だけどな」

クラス中が凍《こお》りついて二人のやりとりに神経を集中させている。シローが思わずチヒロをひそひそ声でいさめた。

「チヒロ、ヤバイって！　空気読め！　先生挑発してどーすんだよ！」

丸田先生は黙ってチヒロのことをにらみつけていた。

「うわ……丸田先生怒ってる……」

クラスのみんなが丸田先生の一挙一動《いっきょいちどう》に注目した。

「……それってどういうことかしら。先生に挑戦状叩きつけてるってこと？」

「早く言やぁそうかな。俺と戦ってくれよ！」

教室のあちこちで「ほんとにバカだ」「さすがチヒロのバカはレベルが違う」と呆《あき》れる

声があがった。

「大人《おとな》をナメると後悔《こうかい》するわよ」

丸田先生は一瞬、勝負師の顔になった。

「その挑戦、受けて立つわ」

チヒロの机に歩み寄って、至近距離からにらみつけた。チヒロも立ち上がって応戦した。

こうして二人が間近で対峙《たいじ》すると、身長差はほとんどない。

「先生、俺とあんまり背変わんねぇよな。俺は百六十六センチ、五十七キロだ。先生は?」

「百六十八センチ、七十キロよ」

丸田先生は身長は高くないものの、首まわりなどの筋肉の盛り上がりはかつてアスリートだったことを感じさせる。チヒロも小学生離れしたしなやかで幅のある体つきだが、丸田先生との体格差は明らかだ。

「チヒロ、あいつほんとバカだな……」

その歴然とした差を目の当《ま》たりにして、シローがつぶやいた。

次の日曜日、チヒロとクラスメイトが丸田先生に連れられてきたのは、大きな倉庫の建ち並ぶ通りだ。

「さあ、ここが先生のホームよ」

丸田先生が案内した先には、プロレスのリングが設《もう》けられていた。空《あ》き倉庫をプロレスの練習場として利用しているのだ。

「先生が所属していた団体、『ひがしプロレス』の練習場よ。いまちょうど、興行《こうぎょう》中だから空いてるのを貸してもらったの」

「マジか……！　本物のリングじゃねぇか……！　俺、ここで戦うんだな！」

チヒロは目の前にある四角いリングに高ぶった。いろんな角度からリングを眺《なが》めては、目を輝かせている。チヒロたちの戦いを見にやってきたクラスのみんなも「おおお！」と口々に歓声をあげた。シローがリングを叩いて感触を確かめていると、チヒロはさっそく

リングに上がって試しにロープに体を預けた。

突然、『オペラ座の怪人』のテーマが大音量で流れてきた。倉庫奥のドアが開いて、マスクをかぶったレスラーがやってくる。もったいぶって入場したかと思うと、リング下で腕をクロスさせるポーズを決めた。

「『エルニーニョ』!? マジか!?」

シローがマスクマンを指差して叫んだ。チヒロも思わず目をみはった。

「エルニーニョ……! 和製ルチャで彗星《すいせい》のように現れて消えた、伝説のレスラーじゃねえか! 強豪《きょうごう》を次々となぎ倒して『エルニーニョ現象』って呼ばれてたあいつだ!」

タイツ姿のエルニーニョはロープを飛び越えてリングに上がると、盛り上がった胸筋《きょうきん》の前で再び腕をクロスさせた。

「エルニーニョ! エルニーニョ!」

シローがコールを始めると、なにもわかってないクラスメイトまで一緒になって叫んだ。

ひとしきり歓声に応《こた》えたあと、エルニーニョはマスクを脱いで、素顔をさらした。エルニーニョ a.k.a. 丸田先生は子供たちに呼びかけた。

「先生はね、レスリングの選手だったけどオリンピックの代表に届かなくてプロレスを始めた。そのあと、ひざの大怪我をして、そこでレスラー人生にピリオドを打ったの。もう二度とリングに上がることはないと思ってたけど、チヒロの挑戦を無視するなんてできないわよね？」

「……エルニーニョ、俺と対戦してくれるのかよ？」

「ええ。受けて立ちましょう。でも、想像してるのとは違うと思うから、がっかりしないでね」

「どういうことだよ？」

「チヒロはプロレスのルールで戦いなさい。ただし、スリーカウントじゃなくてワンカウントでフォール勝ちね」

「俺、すっごい有利じゃん」

「先生はレスリングルールで戦う。打撃技はいっさい使わない。もちろん飛んだりするのもなしね」

「えっ、ルチャ見せてくれないの!?」

メキシコ発祥《はっしょう》のプロレス、ルチャ・リブレは、空中技が特徴で、チヒロはその技を期待していたのだ。

「まあ聞いて。レスリングルールだと一秒でフォール勝ちだけど、スリーカウントでフォール勝ちに変更するわ。三分一本勝負で、三分以内に先生がフォールできなかったらチヒロの勝ち」

「マジ？　俺勝っちゃうよ？」

「男に二言《にごん》はないわ。さあ、三分数えるのと、ゴングとカウントは誰かお願いね」

丸田先生は再びマスクをかぶった。マスクに紫色のタイツ姿のエルニーニョと体操着姿のチヒロがそれぞれのコーナーに分かれてにらみ合っている。大喜びでその役を引き受けたシローが、カーンとゴングを鳴らして試合が始まった。と同時に、チヒロはずっとリングの下に降りてしまった。エルニーニョは首を傾《かし》げた。

「どういうこと？」

クラスメイトからブーイングが飛んだ。

「チヒロ、戦えよ！」

「だってさ、三分耐えたら俺の勝ちなんだろ？　場外に降りちゃいけないってルール、プロレスにはないぜ」

チヒロは不敵《ふてき》に微笑《ほほえ》んだ。もしエルニーニョが降りてきたらそこを攻撃するか、リングの周《まわ》りを逃げ回ってさらに挑発しようと待ち構えていた。

だが、エルニーニョはカウントを始めた。

「ワン、ツー、スリー……プロレスルールじゃ、そのままリングアウトで負けよ」

丸田先生のカウントにシローが続くと、クラスメイトたちも唱和《しょうわ》する。

「ファイブ！　シックス！　セブン！」

ルールを逆手《さかて》にとられた形のチヒロは、しかたなくリングに戻った。そこを待ち構えていたエルニーニョに捕《つか》まってしまう。まず正面から抱えられてフロント・スープレックスで投げられ、リング中央に引き戻された。そのままエルニーニョに背後につかれて何度も何度も転がされてしまう。

「ローリング！　レスリングならもう8ポイントは入ったわ！」

「くっそ！」

しっかり張りついたエルニーニョの腕をはがして脱出し、反撃の水平チョップを見舞うとエルニーニョの胸にヒットする。

「ぜんぜん効《き》いてないわよ！　カモン！」

煽《あお》られたチヒロが立て続けにチョップを叩きこむ。一発、二発、そして大きく振りかぶって「究極！」と叫んでから三発目を見舞うと、バチンッという音が倉庫に響く。エルニーニョがふらっとなってロープにもたれかかった。

「いまのは効いたわ！」

チャンスと見たチヒロはエルニーニョを反対側のロープへと振る。

「うらぁっ」

ロープの反動で戻ってきたエルニーニョにラリアットを放ったが、大きく振った右腕は空《くう》をきり、エルニーニョの姿が消えた。

「お？」

相手を見失ってとまどっているチヒロの背後にまわっていたエルニーニョは、体勢を低く沈めてチヒロを丸めこみ、マットに押さえつけた。チヒロの両肩がマットについてフォールの体勢だ。

「ワン！　ツー！　……」

リングサイドで見守っていたシローがカウントする。スリーカウント寸前のギリギリのところでチヒロが体をバネのように使って押さえこみを跳《は》ね返《かえ》した。わあっ、とクラスメイトが歓声をあげた。

「やるわね！　でも次は逃げられないわよ」

猛然と襲いかかったチヒロがふわっと投げ飛ばされた。エルニーニョの肩に担《かつ》がれて宙を舞ったのだ。チヒロの体がマットに叩きつけられる。

「これが飛行機投げよ。レスリング技だけど、プロレスでもよく使うわ！　見たことあるでしょ？」

チヒロは回転した勢いで頭がふらっとした。それでもすぐに立ち上がり、今度は相手の動きを見ながら用心深く近づく。

「そうそう、不屈《ふくつ》の精神！　それこそ格闘技に一番必要だわ！」

エルニーニョはなかなか出てこないチヒロを捕まえにいって頭を押さえこみ、チヒロの

首に腕を引っかけて深く抱え、そのまま床に引きずり倒す。

「ガッ!!」

首が極まってしまい、チヒロはどうにも逃げることができない。エルニーニョの思うまま、チヒロの頭が床に着き、さらにその流れのまま天井を向いてしまった。そこへエルニーニョが覆《おお》いかぶさってきて、チヒロの両肩が床についた。

「ワン!」

シローのカウントが始まる。

——ちっくしょう、このまま負けてたまるか!

チヒロは脱出方向を探してあがく。

「ツー!」

シローのカウントが進む。あせったチヒロの頭の中でこの体勢から逃れる方法についてのイメージが駆《か》け巡《めぐ》った。

——いまブリッジなんかしたら、首が折れちまう。ここは、まっすぐ起き上がるしかねぇ!

エルニーニョの押さえこみを跳ね返そうと、ありったけの力を腹にこめた。

「うおおお‼」

シローはカウントをためらった。チヒロと一瞬目が合う。腹筋の力だけではどうにも跳ね返せそうにないことがシローの目にも明らかだ。


「……スリー！」

チヒロの大奮闘も空《むな》しく、スリーカウントが入った。見守っていたクラスメイトがため息をついた。
——負けた……。
チヒロは床に大の字になって荒く呼吸した。エルニーニョは手を差し出してチヒロを引っ張り上げて立たせてやった。チヒロは悔《くや》しくて泣きだした。
「ルールを守って戦うって難しいけど、楽しかったでしょ？　本物の『最強』はね、ルールを守って、そのなかで一番を勝ちとるものなのよ。それはレスリングでも、プロレスでも、総合格闘技でも同じ。弱いものいじめしたり、反則技を使ったりする人は決して最強にはなれないわ。それってルールに反するからね。わかった？」

「……はい」

チヒロは素直《すなお》に返事をした。

エルニーニョが生徒たちをリングに上げて記念写真を撮っている最中、チヒロはずっと黙っていた。

「残念だったな。それに気づいたシローがチヒロに声をかけた。

「残念だったな。ナイスファイトだったぜ。こんなに手に汗握って見たのは初めてだよ。なあ、元気ないけど大丈夫か？」

「うん。俺、やっと目標が見つかった。本物の『最強』になる。みっちりレスリングやって、そのあと総合格闘技行って、世界の強《つえ》ぇやつらを蹴散《けち》らして必ず『最強』になってやる。その前に兄貴をぶっ飛ばして、エルニーニョにも勝つけどな」

「いいねぇ、さっすがチヒロ！　チヒロなら絶対やれるよ！」

チヒロはにこやかに生徒と遊んでいるエルニーニョのことを据《す》わった目で見つめ続けている。

その目はまるで獲物を狙っている蛇《へび》のような目だ。

――俺の壁はここにある。ぜってー乗り越えてやっからな！


小学校の体育館に笛の音が鋭く鳴った。

「おーい、集合しなさい！　今日の授業は終わりよ！」

「先生、もうちょっと時間あるよー！　せっかくバスケやってたのに早いって！」

「片づけの時間あるからダメダメ」

生徒たちを急《せ》かしていた丸田先生は殺気を感じた。視線を上げると、体育館の入り口に突っ立っている男を見つけた。逆光でシルエットしか見えないが、首は太く、肩の筋肉や胸筋《きょうきん》の厚みがそれとわかるほど見事な体格だ。

「ウッス。先生、久しぶり」

中学三年生になったチヒロが姿を現した。背は丸田先生をはるかに越えていた。

「なんだ、チヒロじゃないの！　もう、びっくりさせないでよ。あら、立派な体になったわね。相当真剣に体鍛《きた》えたみたいね。元気そうで嬉しいわ」

「ハッハ、先生のおかげで本気でレスリングに取り組んだんだ。こないだ地区大会で優勝もしたぜ」

「そうか、嬉しいわあ。あのときしつこく言ったかいがあってよかった」

「おっと。俺は昔話しに来たんじゃねぇ。壁を乗り越えに来たんだ」

目を細めてチヒロのことを見ていた丸田先生の目つきが一気に険《けわ》しくなった。

「……まだナメられるほど衰《おとろ》えちゃいないわよ」

「先生さ、いま体重どのくらいだ？　レスリング時代は六十七キロ級だったよな？」

「七十五キロだけど」

「ちょっと太ったんじゃね？」

「現役時代の体重をキープできるわけないでしょ」

「まあいいや。俺、ちょうど六十七キロになったからよ、先生と対決してもいいかなと思って来たんだぜ。体重じゃ俺のほうが不利かもしれねぇけど、先生も現役引退してるからおあいこってことでいいか？」

「いいわよ」

二人は体育館の一角にマットを引いてにらみ合った。

「じゃあさ、いくぜ」

「いつでも来なさい」

丸田先生は腰を低くして構えた。そのとたん、チヒロがタックルを仕掛ける。

――速い！

予想以上のスピードに丸田先生はあわてた。前傾《ぜんけい》姿勢になってタックルを切ろうとするものの、チヒロはがっしりと片足をとらえて放さず、そのまま後ろにまわった。腰を回転させて逃れようとする丸田先生の体を大きく浮かせて投げた。

「あらっ!?」

パワーで圧倒された丸田先生は、驚いてチヒロを見上げた。チヒロは余裕の表情だ。

「ほら、先生の番だよ。俺の受けの技術も見せたいからさ」

「……ふふ、先生が挑発される番になったわね」

丸田先生は、現役時代に「光速《こうそく》タックル」と呼ばれた技を繰り出した。視線でフェイントをかけてからいきなりタックルに入る技だ。

「待ってたぜ！」

チヒロは丸田先生の首を腕でとらえると、強引にねじり倒した。

——完全に読まれてたわ！

丸田先生は自分が罠《わな》にはまったことに気づいた。チヒロはこの技をかけたいためにわざと挑発したのだ。さらに、パワーも予想以上でどうにも抵抗する術《すべ》がなく床に仰《あおむ》向けにさせられてしまった。

「ワン、ツー、スリー！」

チヒロは自分でカウントしたあと、絶叫した。

「最強!! 三年前の借りを返したぜ。でもさ、先生ちょっと下半身の筋肉、落ちたんじゃね？」

「うるさいわよ。まったく、よくも私の技を盗んだわね！ チヒロ、少しは恩師に加減《かげん》するとかないの？」

ムッとしている丸田先生の腕を取って立ち上がらせた。

「先生だって小学生相手に本気出してたじゃねーか。俺、嬉しかったぜ。ありがとよ。いつか最強になるから見ててくれ」

「その時を楽しみにしながら見てる。きっと頂点に立ててるわ」

チヒロは誇《ほこ》らしげにガッツポーズを決めた。

# 第三幕

# 大河内学のついてない日

豪快《ごうかい》な上手投《うわてな》げで先輩部員を土俵《どひょう》に叩《たた》きつけた大河内学《おおこうちまなぶ》に部員たちが群がると口々に次の対戦相手になることを申し出た。息の荒い大河内が次の相手を指名し、休む間もなく両者は激しくぶつかりあった。

夏休みも間近の早朝、川人《かわと》高校相撲《すもう》部の道場の上には今日も一日暑くなりそうな空が広がっている。大河内は先日行われたインターハイ予選の個人戦で三位に入賞し、みごと本大会への切符を勝ち取ったばかりだ。入部当初のスランプを脱して自信を取り戻しつつあるのを、重松《しげまつ》は見て取っていた。

「どりゃあああ！　こい！」

主将を譲《ゆず》って引退したはずの重松が、ぶつかり稽古《げいこ》では胸を貸してさらに大河内を鍛《きた》える。何度も何度も大きな重松を土俵の外まで押しやる大河内の全身から汗が噴き出した。稽古のなかで最もキツイと言われているぶつかり稽古を大河内は何回も繰《く》り返《かえ》す。部員たちは二人の気迫に息を飲んだ。

「もう一丁！」

「うりゃあああ！」

大河内は腰の重い重松にぶつかると、じりじりと押していく。筋肉がギリギリと盛り上がる。

「もっと押せ！　全国のやつらは俺より重いぞ！」

「らぁあああっ!!」

大河内は鬼気迫《ききせま》る勢いで重松を土俵外へ押し出した。

今日も猛烈な練習を終えた大河内はシャワーで土と汗を洗い流したあと、おもむろにメガネをかけた。鏡に向かい、薄く生《は》やした口ヒゲをいろんな角度から確認したあと、満足そうに撫《な》でつけた。

——うん、濃すぎず薄すぎず、完璧《かんぺき》なヒゲじゃないか。

「おい、大河内」

振り返ると、すでに制服に着替えた重松が後ろに立っていた。

「ちょっと顔貸してくれ」

「うす。急いで着替えてきます」

重松が無言でうなずいた。大河内が着替える間、重松は更衣室のベンチに座って微動だにせず待っていた。大河内は重松の無言の圧がだんだん怖《こわ》くなってきた。

——なにか失敗しただろうか。今日の練習によくないところがあったのか？　だったらその場で言うか……うーん、じゃあなんなのだろう？

なるべく目を合わせないようにあわてて制服を着おえると、重松が待ちかねたように立ち上がった。なにも言わず歩きだした重松に、大河内は不安な思いでついていったが、人気《ひとけ》のない道場の裏まで来ると大河内の緊張は最高潮《さいこうちょう》に達した。

「重松主将……？」

「もう主将じゃねぇ」

重松が鋭い目つきで周囲を見回した。

「お前に折り入って相談がある」

「なんなりと言ってください」

重松はそれでも用件を口に出すのをためらって、なかなか話をきり出さない。

「どうしたんですか、先輩らしくない」

その言葉を受けて、チラッと大河内を見やると重松はやっと口を開いた。

「大河内、思いきってお前には真実を話す。どうか聞いてくれ」

真剣になるあまり、取り組み前より凄味《すごみ》のある重松の切羽詰《せっぱつ》まった様子《ようす》に、大河内はごくりと唾《つば》を飲みこんだ。

「大河内、これから言うことは他言無用だ」

「はいっ、誰にも言いません」

「お前を見こんで頼みがある。引き受けてくれ」

「はいっ」

「お前、一年二組だよな？」

「はいっ」

「お前のクラスに玉川友美《たまがわともみ》さんという人がいるはずだ」

「はいっ」

「その玉川友美さんに手紙を渡してほしい」

「はいっ」

大河内と重松の間に沈黙が流れた。

重松が優しく声をかけたが、大河内は全然わからないという顔をしたまま固まっていた。

「大河内、意味はわかるか？」

「違っていたらすみません。もしかして、それはラブレターというものですか？」

重松の顔が一気に紅潮《こうちょう》した。と、同時に大河内の鼻からふっと息が抜けた。いままでどんな恐ろしい話がくるのかと緊張していたところへ、重松の恋の告白を聞いて気が緩《ゆる》んだ。思わず吹き出しそうになったのをグッとこらえたために、息が変なところから漏《も》れてしまったのだ。

「笑ったな？」

「いえっ、笑ってないです」

大河内は頬《ほお》を引《ひ》き締《し》めて首を横に振った。重松が必死な顔を見せるほど、どうしても笑いがこみ上げてしまう。ついに、重松はうなだれてしまった。かりんとうのような太い眉《まゆ》も情けないほど下がっている。

「わかるよ。俺みたいな男が恋だのなんだのって笑えるよな」

大河内は、信頼している先輩を一瞬でも笑ったことを後悔《こうかい》した。

「笑ってません。先輩の思い、しっかりと受け止めました」

大河内が顔面の筋肉をできるだけ緊張させて言いきると、重松はカバンから手紙を取り出した。花柄のかわいらしい封筒だ。店で重松が真剣にこの封筒を選んでいる姿を想像すると、大河内は重松の力になってあげなければという使命感で一杯になった。

「頼む……。お前だけが頼りなんだ。うまく渡してくれよ」

すっかり自信をなくしたように肩を落とした重松は、川高《かわこう》相撲部の主将として気を張り、石神《いしがみ》高校の金盛剛《かなもりつよし》と頭をぶつけ合って火花を散らしていた重松とは別人だ。

大河内は重松の手からそっと封筒を取った。裏には几帳面《きちょうめん》に、重松の住所氏名がきっちり書かれている。

「この手紙、必ず届けます」

……とは言ったものの、どうやって手紙を玉川に渡そうか大河内は大いに悩んだ。他でもない、尊敬する先輩の重松に託された大事なものと思うと、これをただ渡すだけではなく、玉川になにかしら働きかけや口添《くちぞ》えをしなければならないような気がしてきた。
──重松先輩のことをなんて伝えればいいのだろう。
教室に入った大河内はそのことで頭が一杯になった。相撲部で見せている熱い闘争心か、後輩を思いやるときの繊細《せんさい》な一面か。女子に響《ひび》くのはどっちなんだろう。女子、いや玉川さんに響くのはどっちなのだろうと迷った。
──もし仮に僕が重松先輩のことを知らないで、誰かに紹介されたとしよう。一発で重松先輩のよさがわかるとしたら？

ちょうど、玉川が教室に入ってきていちばん前の席に座った。

――重松先輩は、どうして玉川さんのことが好きになったんだろう。

玉川は後ろの席の女子、佐野《さの》と楽しそうにしゃべっている。玉川友美は小柄《こがら》でおとなしく、あまり目立たない生徒だ。少なくとも、相撲にすべてをつぎこんでいる大河内には縁のない存在だった。大河内は、いままでとくに気にしたことのない玉川を観察し始めた。

つやつやしたショートカットの髪や、白くて細い腕、笑うとくしゃっと表情を変える丸い目を見ていると、自分の生活にない、なにか遠くのものを見ているような気がしてきた。

玉川と話していた佐野が怪訝《けげん》そうに振り返った。別の女子に注意をうながすと、ひそひそ話がすぐ数人の女子にいき渡った。

「ちょっと大河内、なにこっちガン見してんの？　なんかキモい」

全員眉根《まゆね》にしわを寄せて自分を見ていることに気づいた大河内はあわてた。

「ハハハ、まったく君たちときたら……、この僕がそんな常識のないことをするわけがないじゃないか。ちょっと考えごとをしていただけだよ」

「うっわ〜、なに考えてたの？　やだ、やっぱ気持ち悪い」

朝からキモい男認定をくらった大河内は内心へこんだ。


——さっきは迂闊《うかつ》なことをして失敗したが、これ以上のミスは許されない。なんとしても先輩の気持ちを伝えなければ。

授業中、大河内は玉川の後ろ頭を見つめながら、玉川に手紙を渡すときのシミュレーションをしてみた。なにしろ恋のキューピッド役を果たすのは、人生で初めてだ。

——玉川さん、話があるんだけれどいいかな？　ここじゃなくて外がいいんだけど。

いや、これじゃ怪《あや》しまれて断《ことわ》られるかもしれない。

——いやあ、先輩に見こまれて、恋の橋渡しを頼まれちゃってね。

ここで恋ってバラさないほうがドキドキ感があっていいかもしれないな。

——玉川さんにいいニュースがあるんだ、聞きたいかい？

これだと、僕が話さなきゃならないみたいか。こう考えてみると難《むずか》しいものだな——。

突然、先生から「おい、大河内」と呼ばれ、あわてて教科書を持った。

「ふぁっ!?」

「魂《たましい》抜けてるけど、大丈夫か？　朝錬《あされん》、気合入りすぎなんじゃないのか？」

「はい、大丈夫です」

背筋《せすじ》を伸ばして返事をした。

「ほんとか？　いま手に持ってる教科書、お相撲さんの絵がついてるぞ」

大河内があわてて確認すると教科書だと思って広げていたのは「よくわかる！　必ず相撲で強くなる十の筋トレDVD付き」という教本だった。クラス中がクスクスと笑い声に包まれた。大河内はすぐさま英語の教科書を取り出して広げたが、笑われたショックも相《あい》まっていまどこをやっているのかわかるまで時間がかかった。

休み時間、大河内はなにげないふりを装《よそお》って、こっそり、しかし立会《たちあ》い並みの集中力で玉川の様子をうかがっていた。玉川は机でずっと漫画を眺《なが》めていて、席を立つ様子がない。

――あせるな、あせるな。まだ一時間目が終わったばかりだ。

大河内はじっと機会をうかがった。

玉川はそんな大河内の気も知らず、まったく席を立つことなく休憩時間をすごした。

上《うわ》の空《そら》のまま二時間目が終わり、次の休み時間も玉川は漫画を読みふけっている。

――いったいどんだけ面白《おもしろ》い漫画なんだ？　うーん、ここからではタイトルまではわからない……

大河内はついに席を立って玉川の席まで近づいた。

「それ……」

大河内が声を発すると同時ぐらいに、後ろの席の佐野が制服の裾《すそ》をつかんで引っ張った。

「朝から挙動不審《きょどうふしん》だっての。なになに友ちゃんになんの用なの？」

——なんだっていいだろ!? 佐野さんは関係ないのに！

「え？ まさか告《こく》るの？」

「佐野さんは少し先走りすぎるところがあるようだね。僕は、玉川さんが読んでる漫画が面白そうだからタイトルを訊《き》きにきただけだよ。いやに熱心に読んでいるからね」

間に合わせで言ったその一言《ひとこと》に佐野は突然ギラギラと目を輝かせて、「ちょっと待ってなね」と言い残してロッカーに飛んでいった。

玉川さんも漫画から目を離して、大河内を見ていた。よく見ると玉川の顔は、デフォルトで少し笑ったような表情なのに気がついた。

——チャンス到来！

「たまが……」

「おっとっと～、はい大河内、一巻からとりあえず九巻まで貸しとくわ。十巻からは友ちゃんが読んでる途中だから、友ちゃんから借りて」

佐野が重《かさ》ねて持ってきた漫画を押しつけた。タイトルを見ると「八百屋《やおや》ルシファー」とある。

「内容は」

大河内が憮然《ぶぜん》として尋《たず》ねると、よくぞ訊いてくれましたとばかりに佐野は一巻を取ってパラパラと中を見せた。

「四千年の時を超えてこの世に蘇《よみがえ》ったルシファーが、ひょんなことから足立区《あだちく》竹《たけ》の塚《づか》の八百屋を手伝うことになり、バレエダンサーを夢見るヒロシって男の子と廃業寸前の店を立て直していくって話なんだ」

——どんな話なんだよ！　しかも十巻以上続いてるって正気か。

「面白いんだわこれが。ね、友ちゃん」

「うん、すっごく面白いよ。途中で八百屋お七《しち》の時代とリンクするなんて思いもよらなかった」

「あ、それ言っちゃダメだよ！　大河内はこれから読むんだから」

——読むのか、僕はこれを。

「ごめんね、大河内君」

「あ、いいよ、そこは忘れとくことにするから」

くしゃっとした笑顔で笑う玉川の声はかわいらしかった。大河内はだんだん重松が玉川に惹《ひ》かれた理由がわかってきた気がした。

――毎日あれだけ激しい練習をしながら、こんな繊細な心も持ち合わせているなんて、重松先輩はやはりすごい人だ。いや、改めて尊敬し直したよ。

佐野は邪魔《じゃま》だが、この勢いで玉川に声をかけようとしたとき始業ベルが鳴り、間髪入《かんはつい》れず歴史の先生が入ってきた。

大河内はしかたなく漫画九冊を持って席に戻った。試しに漫画の冒頭を読んでみて、そのセリフの多さに絶望し、メガネをはずして目頭を押さえた。


ルシファーに没頭している玉川を邪魔《じゃま》することもできないまま昼休みに突入したとき、大河内の焦《あせ》りは頂点に達した。

——まずい。放課後はすぐに部室に向かいたいから玉川さんのペースに合わせている暇はない。大河内学、ここは昼休みに勇気を出して決着をつけ、先輩の恩に報《むく》いるときだ。

玉川はすでに数人の女子と机を突きあわせて弁当を食べている。その間は動きが取れないので、自分も弁当を広げた。

より大きな強い体を作るため、重松ら先輩部員から積極的に食べたほうがいい食材リストを渡されている。親には苦労をかけっぱなしで申《もう》し訳《わけ》ないと思いつつ、朝日が昇《のぼ》る前から栄養バランスの取れた弁当を作ってもらっていた。

「いただきます」

弁当のフタを開けて、大河内はドキッとした。一面の白米の上に海苔《のり》で「ごめんね」と書いてある。今日は時間がない故《ゆえ》ご飯だけです、とメモが入っていた。

——ハハハ、こういう日もあるさ、まったく問題ない。まあ、よりによってなぜ今日かな？　とは思うけどね。

今日はこのまま白米だけですますか、学食の定食プラスこの白米にするか大河内はしばし迷った。肝心《かんじん》の玉川の様子をうかがうと、キャアキャア言いながら弁当を食べている女

子グループのなかでまだ半分も弁当を食べ終わっていなかった。

大河内は急いで学食に向かった。学食の入り口で、中学から一緒で隣のクラスの男子、田端《たばた》とバッタリ会った。田端は早々《そうそう》に昼飯をすませてご機嫌《きげん》らしく、大河内の姿を見つけるや否《いな》やいつもお約束のどすこいポーズを取ってきた。

「悪いけどいまは遊んでいられないんだよ田端、次の機会にな」

「なんだよ、つきあい悪《わり》ぃなあ。火ノ丸《ひのまる》ってやつのために必死で増量したんだろ？　どんだけ腰が重くなったか知りたかったのにさ」

「そこまで言うならしょうがないな。どうだ、この重み！」

大河内はいつものようにがっぷり四つに組んでから、田端を軽々と吊《つ》り上《あ》げた。

「すげーよ、大河内、俺でも違いがわかるよ！」

「そうだろうね、なにせ僕ぐらいの体格から五キロ重くなるのは、一般人の五キロと持つ意味が違うからね」

田端が満足そうに去っていくと、大河内は急いで学食に行った。が、すでに定食はすべて売りきれていた。

――田端につきあったのが裏目に出たな。まあ、それも想定内さ。ここはカレー弁当を持ち帰ろう。

走って教室に帰ると、玉川を含めさっきの女子グループはすでに昼ごはんをすませたらしく、誰もいなくなっていて、大河内は衝撃を受けた。近くにいた女子、鈴宮《すずみや》を捕《つか》まえて玉川さんたちはどこへ行ったのか訊くと「わかんない、トイレか中庭じゃない？」と興味なさそうな答えが返ってきた。トイレは確認のしようがないので、窓から中庭を見下ろしたが玉川の姿は見えなかった。大河内は半分蒼白《そうはく》になりながら弁当とカレーを広げた。そして箸《はし》しか入っていないことに気づいた。箸でカレーを食べると思いのほか時間がかかることを大河内は知った。

――こういう一見なんの役にも立たなそうな情報が、いつか相撲に生きるとも限らないからね。

ポジティブに考えてみたものの、大河内は本当に余裕がなくなっていた。とにかく手紙をいつでも渡せるようにスタンバイした。このまま渡せないかもしれないという不安で汗ばんできた手で持つと手紙が汚れてしまうと思い、教科書に挟《はさ》んだ。

じりじりしながらただ待つしかない時間は異様に長く感じたが、そこは相撲でつちかった、心を平静に保《たも》つ方法でなんとか持ちこたえた。

教室と廊下を同時に見張っていると、玉川が一人で廊下を歩いているのを見つけた。今度こそ大河内は迷うことなく玉川に走り寄って声をかけた。

「玉川さん、ちょっといいかな」

玉川は不思議そうな顔をしたが、すぐ「いいよ」と笑顔で言ってくれた。

大河内は教科書から手紙を出そうとして、自分が手にしているのがＤＶＤ付き相撲筋トレ教本だと気づいた。

「うわあっ、玉川さんちょっとだけ待っててくれるかい」

大河内はダッシュで席に戻り、今度こそ教科書をひっつかんで玉川さんのところに駆け寄ると、あわてて花柄の封筒を玉川さんに突きつけた。

「これっ、一人のときに読んでほしいんだ」

前もって考えていた、重松のいいところを披露《ひろう》してどんなにいい男か知ってもらう余裕はまったくなかった。玉川は手にした手紙を見つめている。

——予定とは違ってしまったが、とにかく渡すことだけはできた。重松先輩、最低限のことしかできなくてすみません……！

天を仰《あお》いで唇《くちびる》を嚙《か》みしめたとき「あれあれあれあれあれぇー？」と佐野が言いだした。

——また君か、佐野！

「これはもしかするともしかしますか？　大丈夫、大河内。私、口は固いから」

「まったく困ったさんだな佐野さんは。完全な誤解をしているよ、君は」

佐野はウシシシシと肩で笑っている。凄《すさ》まじい不安に駆られた大河内が弁解しようとしたとき、スマホが振動した。見ると重松からだ。

重松　首尾はどうだ。渡してくれたか？

大河内　はい、重松先輩。先ほど確かに玉川友美さんに手紙を渡しました

重松　ありがとう、大河内！　恩にきるよ

大河内　お安い御用です

重松から礼を言われたことで、大河内は今日初めてホッと息をついた。手紙さえ読んでもらえれば間違いないので、佐野のことは忘れることにした。

放課後、練習に向かおうと急いで支度《したく》をしていると、後ろから袖《そで》を引っ張られた。振り向くと玉川が立っていた。

「玉川さんか、先ほどはバタバタと悪かったね。手紙読んでくれたかい」

玉川ははにかんだような顔をしてちょっと俯《うつむ》いたあと、まっすぐ大河内を見つめた。

「つきあってもいいよ」

「ほんとかい？　よかった……ほんとによかった、嬉《うれ》しいよ！　重松先輩に会いたいでしょ、このあと一緒に来てくれる？　待って、このまま道場はまずいな、先に連絡しとこう」

「重松先輩って誰？」

「相撲部の尊敬する先輩だよ。大丈夫、本人に会えばもっと魅力を感じるはずだよ」

スマホを取り出して連絡しようとしたとき、ものすごい殺気を大河内は感じた。相撲をやっていることで、人の殺気には人一倍敏感だった。顔を上げると、泣きそうに唇を引き結んだ玉川の後ろで怒髪天《どはってん》の佐野と鈴宮とその他大勢の女子がフォーメーションで包囲網《ほういもう》を組んでいた。

「え？　え？」

「大河内、サイッテー」

「え？　待ってくれ、あれ？　またなにか誤解が生じているのではないかな？　落ち着くんだ、君たち」

「マジで何様だと思ってんの？」

「せっかく友ちゃんがつきあってもいいって言ってくれてんのに、大河内が振るとかありえない」

「玉川ちゃん、大河内なんか忘れな。もっといい男、玉川ちゃんならいくらでもつきあえるから」

「待って待って、ほんと待ってくれ。僕が悪いんじゃない！　玉川さん、差出人の名前見

てくれた？」

玉川は持っていた封筒を裏返した。そこには重松の名前と住所がしっかりと書いてあった。それを見ると、玉川はついに泣きだしてしまった。

「泣かした！　酷《ひど》い！」

「調子に乗りすぎ！」

「いやいやいや、待ってくれ、え？　これは僕のミスなの？　というか佐野さんの口固いんじゃなかったの？」

「すごい、佐野ちゃんのせいにしてるよ」

「信じらんない」

女子たちは憤慨《ふんがい》して、静かに泣いている玉川の肩を抱いて教室を出ていってしまった。あとに残された大河内は呆然《ぼうぜん》と立ちつくした。

――重松先輩、すみません。大河内学、ミッション、完全に失敗しました……。正直にあったことを説明してお詫《わ》びしよう。

とぼとぼと道場に向かう途中、植え込みのすみに玉川がいるのを見つけた。大河内は今度は落ち着いて玉川のところへ行き、話しかけた。

「なんだかこんなことになってしまって申し訳なかったね」

玉川は目を合わせようとしない。大河内はそれでも話を続けた。

「玉川さんの気持ちはとても嬉しかったけど、ほんとうに玉川さんのことを想《おも》ってるのは重松先輩なんだよ。重松先輩はとても強い男だよ。安心して頼《たよ》れる。その上、僕ら後輩のことをいちばん気にかけてくれるのも重松先輩なんだ。きっと玉川さんのことも誰より大切にしてくれると信じてる。もしよかったら、会ってみてくれないかな」

玉川はしばらく黙っていたが、小さな声で「いいよ、会ってみる」と言ってくれた。大河内は心底ホッとした。

校舎の裏で重松と玉川を会わせ、二人が言葉を交《か》わしたのを見届けて、大河内は一足先

に道場へ向かった。途中、田端が近寄ってきた。大河内はため息を吐《つ》いて愚痴《ぐち》をこぼした。

「今日はほんと疲れてるんだよ。思い返しても恐ろしい、想像を絶する一日だった」

「聞いたぜ、いきなり告ったんだって？　俺に教えないなんて水臭《みずくさ》いぞ」

「ここにも誤解が！　事がややこしすぎて説明するのも億劫《おっくう》だよ。真相は必ず教えてやるから今度にしてくれないか？」

「大河内君」

振り返ると鈴宮が立っていた。

――待て待て待て、まだ終わってないのか。なんという日だ！

鈴宮はさっき大河内を糾弾《きゅうだん》していたときの元気は失《う》せて、緊張した表情だ。

「大河内君、これ」

手に持っていた小さな包みを差し出した。大河内がその包みを受け取って開くと、中には真新《まあたら》しいハンカチがあった。

「よかったら受け取って。これから暑いし」

大河内は混乱した。なぜ、鈴宮が突然ハンカチをプレゼントしてきたのか、まったくわけがわからなかった。

「インターハイ、がんばってね」

それだけ言うと、鈴宮は大河内の脇《わき》をすり抜けた。最後にもう一回振り向くとにこっと笑った。

「それと、さっきはごめんね。あ、あとさ、たぶんもっと黒い縁《ふち》のメガネのほうが似合うよ」

軽く頭を下げて、鈴宮は走り去っていった。

取り残された大河内はなにが自分の身に起こったか、やっと気づいた。そして、次第《しだい》に嬉しさがこみ上げてきた。

――鈴宮さんが僕にプレゼントをくれた！　すっごい嬉しい！

ハンカチを持った手が震えた。

「マジかよ、お前モテモテじゃん。俺にも幸せ分けてくれよ」

大河内は田端を完全に無視したが、無視されていることに気づかないぐらい田端も動揺していた。

――よし、インターハイ、鈴宮さんのためにも頑張《がんば》るぞ！

意気《いき》揚々《ようよう》と相撲道場に向かうと、道場の外から重松の姿が目に入って足を止めた。重松は相変わらず厳《きび》しい顔で仁王《におう》立《だ》ちしていたが、大河内に気づくと、恐ろしい顔のまま親指を立てた。大河内はもらった包みをそっとカバンにしまうと道場の引き戸を勢いよく開《あ》けた。

「重松先輩、今日もよろしくお願いします！」

# 第四幕

## 佑真　悪への階段

ブシ
ブシ
入学以来《にゅうがくいらい》
ケンカ無敗《むはい》
〝ダチ高《こう》
最強《さいきょう》の男《おとこ》〟!!
五条佑真《ごじょうゆうま》
さんだ!!
ハア…
もうちょっと
センスの良《い》い
紹介《しょうかい》の仕方《しかた》
してくれよなぁ
おバカちゃん

「おい、ユーマ！　早く来いよ」

五條佑真《ごじょうゆうま》を呼んだのは、肩にかかる髪を後ろに撫《な》でつけた、強面《こわもて》の男だ。

「オッス、藤木《ふじき》さん」

中学一年生の佑真は、ポケットに手を突っこんだまま走って藤木のあとを追った。佑真は脱色してムースでガチガチに立てた銀髪と目つきの鋭さを除《のぞ》けば、顔にはまだ中一っぽいあどけなさが残っている。一方藤木は、中学校の制服がまったく似合わない巨体の持ち主だ。まだ冬の寒さが残るなか、学ランの前を開けて着崩《きくず》した二人の見た目はいかにも不良少年で、道ですれ違う人たちが二人を見る目は冷たく、なるべく関《かか》わらないように避けている。佑真は藤木と並んで駅近くのコンビニへと向かった。

コンビニの前に設《もう》けられている喫煙所《きつえんじょ》で、藤木はタバコをふかして人懐《ひとなつ》っこい笑顔になった。中学三年生とは思えない貫禄《かんろく》がある。私服だともっとずっと年上に見えて、三十代に見られてしまうこともある。

「授業サボって吸うタバコはたまんねぇな。うめえ」

「天気いいからなぁ」

佑真は空に向かって正拳《せいけん》を打つ真似《まね》をした。重心の乗った鋭い突きだ。

「藤木さん、一本いい？」

佑真はタバコを吸う仕草《しぐさ》をした。

「バーカ、ダメだっつってるだろ。空手マジメにやるやつが吸うなって」

「たまにはいいじゃねーか。タバコも吸えねぇ根性なしだと思われたくねーし」

「タバコに根性もクソもあるかよ。お前、空手だけはぜったいやめるなよ」

「なんで？」

「俺みたいなしょうもないやつになっちゃうぞ。親に反発したり、学校サボったり、喧嘩《けんか》ばっかやってても、空手さえちゃんとやってれば、クズになんなくてすむからよ」

「なんだよそれ」

佑真は笑ったが、藤木は真剣な顔つきだ。

「根性ってのは、タバコ吸ったりとかバイク盗んだりとかそんなケチなもんじゃねえ。男として一本筋《すじ》を通すってことよ。俺みたいになんにもねぇやつは、フラフラと変な方向に行っちゃうかもしれねぇけど、お前の空手みてぇになにか根っこがあれば安心なんだよ」

「そんなもんかなぁ」

「お前見てるとこのあと大丈夫かなって思っちゃうんだよな」

「なにがだよ？」

「お前、突っ張ることが男だと勘違《かんちが》いしてるところあるだろ？　ただ見栄《みえ》張って突っ張るだけじゃ風間《かざま》と変わんねぇ」

「あんなやつと一緒にするなっつーの」

佑真と藤木の通う第二中学には素行《そこう》の悪い生徒のグループがあった。それは二年の風間というボスが仕切っているグループで、「風間組」と名乗り校内を我が物顔で歩いてやりたい放題だ。風間は中二でそのグループを率《ひき》いているだけあって、腕っぷしも強く、悪《わる》賢《がしこ》さもあり、悪質な犯罪に手を染めているという噂《うわさ》が絶《た》えなかった。そんな風間ですら手を出せない唯一《ゆいいつ》の存在が藤木だった。黙っているだけで人を威圧する、いかつい風貌《ふうぼう》と雰囲気のせいで「藤木はヤクザとつながっている」とまことしやかに囁《ささや》かれていた。佑真も最初はその噂を信じていたが、藤木本人は「んなのデタラメに決まってんだろ」と笑って否定した。

「お前さ、妹が中学に上がってきたらもっとからまれるようになるぞ」

「どうしてだよ？」

「生意気《なまいき》だからな、お前の妹。俺やユーマは無駄《むだ》な衝突を避けるけど、妹はそんなのおかまいなしに気に入らないことがあったら駄々《だだ》こねて暴れそうだからな」

「あー……それあるかもな、レイナなら」

佑真はやれやれといったふうに頭を振った。

「お前、妹に甘いからなぁ」

ひとつ下の妹の礼奈《れいな》のことを佑真はずっと守ってきた。勝気《かちき》なレイナはまだほんの小さいころから、男だろうが年上だろうが言いたいことはハッキリ言う質《たち》で、言い争いや喧嘩になるたびに佑真は妹を守るため駆けつけた。

「ユーマ、あんまり突っ張んなよ」

「突っ張ってねえし」

藤木が親切心でかけた言葉は、佑真にとってはうざったかった。

「ウソつけ。お前、親に対してずっと強がり言ってんじゃねぇか」

藤木の言葉は耳に痛かった。佑真は自分が裕福な医者の家で、なに不自由なく生まれ育ってきたことをずっとコンプレックスに感じていたからだ。小学校のときから髪を脱色していたのも、空手を習って腕っぷしで負けないようにしているのも、不良のまねごとをしているのも、すべて育ちのよさをバカにされるのが嫌《いや》だからに他ならなかった。

「いや、違うって。親とかもう関係ねーし」

「医者のボンボンって言われてカッとなってたの、誰だっけな？」

「うっせえ！」

藤木にからかわれると佑真は思わず声を荒らげた。

「ほらほら、ムキになんなよ。家が恵まれてんのに越したこたねぇだろ。結局家で決まることは世の中にたくさんあるしな」

「フン、そんなもんなくても自分の足で立ちたいんだよ、俺は」

「強がってんなぁ。まあ、俺が卒業したら学校も少しは平和になるかもしれねぇけど、風間たちはぜったいお前にちょっかい出してくるぜ」

「そのときはこの手でぶちのめすだけだぜ」

佑真はきりっと口を結ぶと、素早《すばや》い突きを連続で放った。


その年の春に藤木が卒業し、入れ替わりに佑真の妹、レイナが入学してきた。

「佑真、いた！」

レイナの教室に様子《ようす》を見にやってきた佑真を見つけて、レイナは廊下に飛び出した。

「また同じ学校で嬉《うれ》しい！」

レイナは佑真の腕をつかんだ。

「家でもいつも一緒だろ」

「ほら、同じ制服！」

「ああ、似合うよ」

「佑真、やっぱり素敵《すてき》だね。目立ってるよ」

「どうしたんだよ、いやに甘えん坊じゃねーか。もう教室戻れよ。クラスのやつらさっきから見てるぜ？　帰りはまた迎えにきてやるから待ってな」

「そうだけど、学校でも一緒だと思うと嬉しくて」

レイナのクラスメイトたちは不良然とした佑真のことを警戒してジロジロ見ている。レイナはその視線に気づいた。

「みんな羨《うらや》ましいんだよ、こんなかっこいいお兄ちゃんがいるから」

満足そうに笑うレイナの頭を佑真は撫《な》でた。

「ちゃんと先生の話聞けよ。なにかあったらお兄ちゃんに言うんだぞ。じゃ、あとでな」

藤木がいなくなって、佑真は学校で一緒につるむ人間がいなくなった。
学校では風間組が幅を利《き》かせていて、カツアゲ、リンチ、盗みなどを常習的に繰《く》り返《かえ》して、生徒たちだけでなく教師たちからも恐れられていた。校舎のあちこちで、風間組が生

徒を食い物にしている光景が見られた。佑真が自分の教室に戻ろうとする途中、階段の踊り場でおとなしそうな生徒がひとり、風間組に吊るし上げを食っていた。胸倉《むなぐら》をつかまれたまま、至近距離で風間組の一年に怒鳴《どな》られていた。

「お前さ、今日一万持ってくるって言ってたよな!? 死にてえのかよ」

その生徒は階段の窓にぐいぐいと押しつけられた。

「ごめんなさい! どうしても用意できなくって! あさってには必ず……」

「はぁ? ナメてんじゃねぇぞ! べつにお前が窓から滑《すべ》って落ちようと俺はなんとも思っちゃいねぇんだぞ?」

風間組のもう一人が窓を開《あ》けると、外からの風が吹きこんだ。

「ひぃいい、ごめんなさい! ぜったいに! あさってには! 持ってきます!」

「こんなこと言ってますけど、風間さん、どうします?」

離れているところでタバコを吸っていた風間が、吸《す》い殻《がら》を壁にこすりつけた。

「やれ」

親指を下に向けると、その生徒は風間組の連中に持ち上げられて、外に向かって窓から体を半分投げ出した格好《かっこう》にさせられた。

「殺さないで！　ほんと信じて!!」

悲鳴をあげている生徒を見て、風間は口を歪《ゆが》めた。

「うっるせえなあ。ほんとに落とすぞ」

そうすごんだ風間は、立ち止まってその騒ぎを見守っている佑真に気づいた。

「おい、五條」

佑真は風間を一瞥《いちべつ》したものの、返事はしなかった。

「なんか文句でもあんのか？」

「ギャーギャーギャーギャーうっせえんだよ」

「文句はこいつに言えよ」

「ったく、こんな弱っちぃやついじめてなにが楽しいんだ？」

「お前みたいなボンボンにはわかんねぇだろなぁ」

「あァ？」

ボンボンという言葉に佑真は敏感に反応した。

「金持ちのボンボンがワルの真似してイキってんの、ほんと腹立つんだよ」

「関係ねーだろ、家がどうとか」

「そういうこと言えるのがボンボンなんだよ！」

その言葉は佑真の胸をえぐった。たしかに、風間の言葉には、佑真とは別次元の執念《しゅうねん》が宿っているように思えた。言い返す言葉が見つからなかった。その代わり、窓枠《まどわく》に引っかかっていた生徒をぐいっと引き戻すと、「教室帰れ」と背中を押した。その生徒は「あ、あり……」と言いかけたが言葉が出てこず、佑真にもう一度うながされて逃げて戻っていった。

「ボンボンのやることって、ほんとわけわかんねぇよなぁ。関係ねぇやつまで助けちゃってさぁ、正義の味方かよ」

「お前らこそなんでそんな金、金、金なんだ？　そんなに金ばっかかむしり取ってどうすんだ？　どうせパチンコにでも使うんだろ？　バッカじゃねーの」

佑真の言葉に、いままでヘラヘラしていた風間の顔から笑いが消えた。佑真があまり見たことのない、どんよりと暗いねばついた目で風間は佑真のことを見返した。

「生まれてから金の心配したことのねぇやつはこれだからよぉ！　見下しやがって、ふざけんなってんだよ！　なにに使おうが知ったこっちゃねぇだろが。こっちはなぁ、生き死にかかってるんだよ！　金持ちのボンボンが俺ら見下して説教か？　貧乏人だってバカにしてるんだろ!?　そんならこっちも考えあるからな。お前ときっちり決着つけるから、覚悟しとけ！」

風間は「行くぞ」と手下たちに命令して立ち上がった。佑真もその場を離れようと階段を上がりはじめたところ、風間の声が下から追ってきた。

「お前の妹、入学したんだってなぁ。金持ちの家の女子なんてよぉ、風間組の格好の餌食《えじき》だぜ」

佑真の足が止まった。

「……妹に手を出すんじゃねぇ。ほんとにぶっ殺すぞ」

「おおこわ。おかねもちのごじょうくんが、俺らみんなぶっ殺すってさ！」

ダハハハハ、と風間組のやつらが下品に笑った。風間の笑いはとくに甲高《かんだか》くて耳に障《さわ》る。

腸《はらわた》が煮《に》えくり返る思いで、佑真はその場をあとにした。

佑真が唯一真剣に打ちこんでいるものは、空手だ。小学生のころから、ひととおりいろんな習い事を経験してきたが、ダントツで好きなのは空手だった。唯一本人の希望で始めた習い事だ。
佑真の通う空手道場「伸心館《しんしんかん》」の師範《しはん》の高荷志帆《たかにしほ》は空手の技術だけでなく、日常の心構《こころがま》えも指導するということでこの地域では人気があり、道場には多くの生徒が通っていた。
佑真が空手を始めたきっかけは、妹のレイナがいじめにあったことだ。

――俺の手でレイナを守る。

その思いを胸に、必死に練習を重《かさ》ねた。飲みこみがよく、真面目《まじめ》に練習する佑真はこの道場で数少ない有段者として黒帯を締《し》め、練習に励《はげ》んでいる。

今日も練習を終えると、生徒たちは畳《たたみ》の上に正座した。練習後は高荷からの話があるのが恒例《こうれい》だ。

「はい、おつかれさま。最近、気温が高いから、運動するときはこまめに水分をとるように。我慢していると熱中症になっちゃうからね。わかった？」

「はい！」

「あともう一つ。知っているかもしれないけれど、昨日《きのう》元ボクサーの世界チャンピオンが暴行の現行犯で逮捕された。普通の人より罪《つみ》が重くなっちゃうね。なんでだかわかる？」

生徒の一人が手を挙《あ》げた。

「ボクサーの拳《こぶし》は凶器だから！」

「そのとおり。ボクサーはトレーニングを重ねてパンチ力を鍛《きた》えるから、普通の人の拳と違うとみなされる。もちろん、空手も同じだね。私の道場にいる者はみんなわかってるはずだけど、念のため聞くよ。私の第一の教えはなんだ？」

「空手は外では使わないこと！」

生徒たちが一斉《いっせい》に唱《とな》える。佑真も一緒に唱えた。

「そう。私の教えた空手で人様を泣かすのは許さない。何度も何度も、耳にタコができるくらい聞いただろうけど、それくらい大事なことだからね。わかった？」

「はい！」

「じゃあ、今日はここまで」

「ありがとうございました！」

少年少女たちの挨拶《あいさつ》する声が道場に響《ひび》いた。

「五條」

「はい」

高荷が帰ろうとする佑真を呼び止めた。

「師範、なんですか？」

「私が心配性《しんぱいしょう》なのは知ってるか？」

「いいえ……初めて知りました」

「最近、お前の中学の噂を聞いてな。ひどく荒れていると」

「……はい……」

「うちの息子《むすこ》は第二中学にだけはぜったい行かせない、って心に誓《ちか》ったよ。というのはまあいいんだが、お前のことが心配になってな。さっきの話も、お前に向けて言ったつもりだ」

「大丈夫ですよ。変なやつらは相手しないようにしてますから」

「ならいいんだけどな」

「師範の子供っていくつでしたっけ？」

「二歳だ」

「はぁ？　中学なんて全然先じゃん！　ったく親バカなんだから」

佑真は思わず本音《ほんね》を口にしてしまった。

いつもの朝のように一緒に家を出てからしばらくして、レイナに元気がないことに佑真は気づいた。いつもなら、読んでいる漫画の展開とか、髪があと何センチ伸びたらポニー

テールができるとか、レイナには話したいことがいくらでもあり、他愛《たわい》ないことを次々と佑真に話すのに、今朝《けさ》はほとんどしゃべらない。

「どうした？」

「え？」

レイナは上《うわ》の空《そら》で返事した。

「さっきから元気ないぜ」

「あ、うん……大丈夫だよ」

「なんかあったろ？　お兄ちゃんに言ってみな」

レイナはしばらく思いつめた顔をしたあと、佑真に打ち明けた。

「あのね、昨日嫌な話聞いちゃったんだ。学校でさ、悪いやつらに脅《おど》されてお金を取られてる先輩がいるんだって。家がお金持ちだって知られてから、何回も何回もお金要求されて……」

「そんな話聞いて、学校が怖《こわ》くなっちゃったのか？」

「ううん、私は佑真が守ってくれるから怖くないよ。でも、その人には守ってくれる人がいないみたいで、そんなふうにされてるって思ったら辛《つら》くなっちゃった」

「そうか……」

レイナの話を聞く限り、まちがいなく風間組の仕業《しわざ》だ。

「風間って三年の男が、仲間作って暴れてんだ。レイナも気をつけて絶対やつらに近づくなよ」

「ねえ、佑真。そいつらをぶっとばせる？」

「え？　そんな簡単にはいかねーよ。小学校のときとは違うんだよ」

「佑真が空手でボコボコにしてくれたら、あっという間に片づいちゃうよ！」

「知ってるだろ？　空手は外では使えねーんだよ。それが師範との約束だからな」

レイナは足を止めた。

「じゃあ、なんのために空手習ってんの？」

「お前を守るためだって何度も言ったろ」

「じゃあ、私がその人みたいにお金取られそうになったら？」

「お前を助けるに決まってる」

「空手なしで？」

一瞬黙った佑真にレイナはカッとなった。

「もういい。佑真には頼まない」

レイナは早足で歩きだした。

「レイナ！」

佑真が呼び止めてもレイナは振り返らなかった。しかたなく、佑真はそのあとをついていった。さっさと歩くレイナの後ろ姿を見ながら、佑真は先日風間が言っていたことを思い出した。


――金持ちの家の女子なんてよぉ、風間組の格好の餌食だぜ。

小学校のときは、空手を習って体を鍛えたお陰《かげ》で、レイナにまとわりつくいじめっ子二、三人を蹴散《けち》らすのは簡単だった。だが、中学校ではそうはうまくいきそうにない。風間は名だけでなく本当に「組」と言えるほどの組織力でこの学校を支配しようとしている。風間に勝つには、空手の封印を解《と》いて死に物狂いで戦わないといけない。しかし、それをしたら、高荷師範との約束を破ることになる。

――風間が本当にレイナに手を出してきたとき、俺はどうすればいい？

佑真は空を仰《あお》いだ。レイナの願いと高荷との約束、なにより自分がどうしたいのか。すべてを納得させる解決法があるとは思えなかった。つくづく、風間の存在が鬱陶《うっとう》しく思えた。

――あいつらさえ派手に暴れてなければこんなことにならねぇのに、くそっ……。だいたい、あんなに金を搾《しぼ》り取《と》って、なんに使ってるんだ？　風間組は全部で七、八人いるからみんなでくだらねーことに使ってるんだろうけど、それでも毎週いろんなやつから金巻き上げてるって、おかしくないか？　なんか遊び以外の目的でもあんのか？

「ちょっと佑真、ついてこないで！」

まだ怒《いか》りの冷《さ》めやらないレイナの声で我に返った。

――ついてくんなって言われても……俺の通学路でもあるんだけど……。

放課後に佑真がいつもどおり迎えにいくと、レイナがいなかった。残って駄弁《だべ》っていた同じクラスの子に話を聞くと、少し前に帰ったというので、まだ怒っていることに半《なか》ば呆《あき》れながらあとを追うつもりで学校を出た。珍しく乱雑に脱《ぬ》ぎ捨《す》ててあったレイナの学生靴を揃《そろ》えてから家に上がると、レイナはリビングのソファの上で両膝《りょうひざ》を抱《かか》えた格好のままスマホをいじっていた。

「先に帰るならそう言えよ。心配するじゃんか」

「…………」

「まだ怒ってんのかよ？　いいかげん機嫌《きげん》直してくれよ」

佑真はため息をついた。レイナが目も合わさずにむくれているのでなんとか和解したかったが、その日は空手の稽古《けいこ》の日だったので胴着《どうぎ》を用意すると佑真はそのまま道場に向かった。

出ていく佑真の後ろ姿をちらっと目で追ったレイナはそろそろと佑真の部屋に忍《しの》びこむと、パソコンの連絡先リストをチェックしはじめた。

佑真との朝の一件で怒りが冷《さ》めやらなかったレイナは、学校にいる間ずっとどうやって風間を倒してやろうかということで頭が一杯になっていた。熱くなるあまり、自分も風間のターゲットになっていることに気がついていなかった。佑真にいつでも守られていたレイナは、佑真より強い人間がいるはずがないと信じていたし、佑真がいるのに自分にちょっかいを出してくる者がいるなどと思ってもいなかった。かといって自分の力だけで不良と戦えるわけもなく、レイナは考えたあげく、藤木を頼ることにした。

藤木には佑真と一緒に何度か会ったことがあり、レイナにも優しく接してくれる藤木を佑真よりずっと上の頼れるお兄ちゃんのような感覚で見ていた。

——藤木さんだったら、風間ってやつをやっつけて、佑真や私やいじめられてる上級生も助けてくれるはず！

見つけた藤木の携帯番号にレイナは迷わず電話をかけた。

「もしもし？　藤木さん？」

佑真は早く道場に行って体を動かしたかった。嫌なことも悩むことも、思いきり体を動かしていれば無心になれる。二年に上がってから、学校内での風間の力は日々大きくなって目障りな上に、レイナにまで被害が及びそうな空気も頭にくる。かと言って迂闊《うかつ》に手を出せないのもイラつく原因だ。あと少しで道場に着くというとき、聞きなれた風間の声が聞こえてきた。

——お前の声を学校以外で聞きたくねんだよ！

カッとなった佑真は脇道《わきみち》に逸《そ》れる角から顔を出すと、突き当たりのゴミ置き場は想像どおりのカツアゲ現場と化していた。しかし、多人数に取《と》り囲《かこ》まれカツアゲされていたのは他ならぬ風間自身だった。よく見かける近所の高校の不良どもが、風間の首を文字どおり絞《し》め上《あ》げていた。苦しそうに相手の腕にしがみついていた風間が「すみません！　どうしても用意できなくって！　あさってには必ず……」と呻《うめ》いた。

──なんだよこれ、どんな地獄なんだよ……。

佑真はどこまでもつながる悪意の連鎖《れんさ》に吐き気がした。風間の充血した目が佑真を捉《とら》えた。風間は顔をゆがめたが、息が苦しいためか助けが欲しいためかわからなかった。知らないところで風間は風間でひどい目に遭《あ》っているのはわかったが、かといって可哀想《かわいそう》だと思う気にもなれず、佑真はそっとその場を離れ、時間どおりに道場に入った。

練習に打ちこんでいる佑真の体から、汗とともにさっきの陰惨《いんさん》な光景や学校での面倒《めんどう》な事柄《ことがら》が流れ出した。集中すればするほど、雑念が消えていく。蹴《け》り、組手の練習を繰り返してこなした佑真を師範の高荷が呼んだ。

「五條、家から電話だ。妹さんの居場所を知ってるかってさ」

佑真が構えをやめた。

「まだ家に帰ってないそうで、お母さんから……」

嫌な予感が走って、電話を代わった。母親の話によると、レイナと外出する約束だったのに帰ってこず、スマホに連絡を入れてもいっさい反応がないという。レイナの身になにかあったんじゃないか、と母親は心配をしていた。

——風間ァアアッ……！

すぐに電話を切ると、佑真は道場を飛び出した。高荷が「待て！」と叫んだが、佑真には届かなかった。舌打ちしてあとを大学生の教え子に任《まか》せると、高荷は佑真を追って道場の周辺を探し回った。

道場を飛び出した佑真は夕暮れの町を全速力で走り回り、レイナの姿を探した。何度電話してもレイナからの応答はない。

——レイナ……まさか、風間の野郎《やろう》に……!!

佑真の心は焦《あせ》るばかりだ。

学校に着いた。校庭や中庭、屋上まで、風間がよくいるところは全部チェックしたがレイナの姿はない。風間も見かけなかった。

「レイナっ、どこにいるんだ!?」

学校以外で風間がいそうなところを、佑真はひとつひとつ見て回ったが、レイナの姿は見当たらない。駅前のコンビニまで確認したところで佑真にはもう心当たりがなかった。

「おーい、ユーマ！」

懐《なつ》かしい声に鋭《するど》く振り返ると、しばらく会っていなかった藤木の姿があった。

「藤木さん！　悪いけどいまはちょっと……」

「レイナちゃん見なかった？」

「藤木さん、レイナの居場所知ってるのか!?」

「レイナちゃんから連絡もらったんだよ、ここで待っててって言われたんだけど」

「レイナから？　なんで？」

「風間だよ。ユーマができないから俺にシメてくれっつーから、俺関係ねぇし、つったんだけど、まあ一応話聞いとこうと思ってたら来ねぇからさ」

「レイナがいなくなっちゃったんだ。電話にも出ないし、こんなこといままで一度もなかったから、おそらく風間の野郎に……！」

「ユーマ、あれから風間とかなりもめてたのか？」

ユーマがうなずくと、藤木にはすべて合点《がてん》がいった。

「わかった。もう一回連絡を入れてみたらどうだ？」

藤木がそう言ったとき、佑真のスマホが着信音を発した。レイナからのメッセージだ。

「河川敷《かせんじき》」

ただ一言《ひとこと》だけだ。

「レイナからだ！　河川敷だと！」

「心あたりある。ついてこい」

藤木は行き先も告げずに走りだした。巨体にもかかわらず、藤木は足が速かった。佑真は黙って藤木のあとを全速力で追った。藤木は町の真ん中を走っている川へ来ると、散歩道から河川敷に一気に駆け下りた。佑真が必死に追うと、その先に人影が見えてきた。

――レイナ！

かなり距離があったが、レイナがいるのが佑真にはすぐわかった。予想どおり、レイナは風間組に囲まれていた。藤木に続いて佑真も転《ころ》がるように河川敷に駆け下りた。

「ヒヒ、ものわかりの悪い女だなぁ。金を払えば許してやるっつってるだろ？」

風間は気味《きみ》の悪い笑い声を立てた。

「あったま悪いわね。お金なんて払わないって言ってるでしょ？　あんたにお金払う意味がわかんないし」

「金を払えば守ってやるって言ってるんだよ。この学校はいろいろ危ないことあるからさぁ、風間組が守らなきゃどんな危ない目に遭うかわかったもんじゃねぇ」

「最っ低……。私に指一本触れてみなさい。大変なことになるからね！」

レイナはキッと風間をにらみつけた。

「あ？　お前の兄貴のことか？　あんな腰抜け知るかよ」

「佑真は腰抜けなんかじゃないもん！」

「俺がなにしたって、手ェ出してこないぜ？　完全にビビってんな、あれ」

「ウソだ！　そんなはずないもん！」

「実際よぉ、こうやってお前のこと取り囲んでも兄貴は来ねぇじゃねぇか」

風間が遠慮なくレイナの髪に触《さわ》り、レイナは初めて本当に恐ろしくなった。風間の手を払いのけようとして自分の手が震えているのに気づいた。

「風間——っ!」

藤木が走ってきたままの勢いでぶち当たると、風間は後ろに吹っ飛んだ。

「佑真!? 藤木さん!?」

レイナが叫んだ。駆け寄ってきた佑真にしがみついた。

「テメエら、なにやってんだ! レイナに指一本触れてみろ。ただじゃおかねぇ」

「佑真、こいつら私からお金を脅し取ろうとしてたの!」

服についた草を払いながら藤木が立ち上がった。転がったままの風間が怒鳴《どな》った。

「藤木! お前関係ねぇだろが! 俺らと五條の問題なんだ。引っこんでろ!」

藤木は黙ったままレイナを引っ張って、風間から遠く離した。

「オラアアッ! かかってこいや!!」

　河川敷の一角で、佑真が吼《ほ》えた。その佑真を風間の子分、七人が囲んでいる。多勢《たぜい》に無《ぶ》勢《ぜい》、圧倒的に不利だ。

「おい、五條！　お前ってさあ、見かけ倒しだったんだな。お前が習ってる道場、空手を外で使ったら破門《はもん》らしいじゃねぇか。ったく金持ちの道楽は一味ちがうね。黒帯持っててもさぁ、妹が捕《つか》まってても使えねぇんじゃ、なんの意味があるんだ？　ヒヒヒヒッ」

　風間の甲高い笑いが不気味に響いた。

「おい、反撃される前に徹底的にやっちまえ！　虫の息になるまでボロボロにして、そのあと妹をなぶりものにしようぜ」

　風間は離れたところから佑真の戦いぶりを高みの見物するつもりらしく、近寄ってこない。

　子分たちはじりじりと距離を詰め、一斉《いっせい》に襲いかかった。最初は打撃をかわしていた佑真も数にはかなわず、ついに捕まって地面に倒された。四方八方からよってたかって蹴りが飛んだ。どんなに蹴りを捌《さば》いても、反撃するには空手を使わざるを得ない。佑真は風間の子分に踏みつけにされてボコボコになりながらまだ迷っていた。

――ここまでされて我慢しなきゃいけねぇのかよ、師範？

「佑真!!」

一向に反撃してこないのをいいことに、子分たちの暴力は歯止めがきかないほど激しくなった。佑真がサンドバッグ状態になり、レイナの悲鳴が河川敷を駆《か》け巡《めぐ》った。飛び出そうとするレイナを藤木が優しく止めた。

「藤木さん、佑真を助けてよ！」

藤木が背後から子分の一人をつかんで投げ飛ばした。

「ゲッ！」

子分の一人が倒れた。藤木は次々と子分を引《ひ》き剝《は》がしては放り投げた。うち二人は川まで転がり落ちて水しぶきをあげた。

痛みをこらえて立ち上がった佑真は全身を怒りで震わせて風間に向き合った。

――俺の我慢もここまでだ。

「助け要《い》る？」

藤木が佑真に言った。

「要るに決まってるでしょ！」

そう叫ぶレイナの声を遮《さえぎ》るように、ウラァァアッと佑真が大声で気合を入れた。

——このままで終われっかよ!!

なんとか戻ってきた子分たちが再び佑真の周《まわ》りを取り囲んだ。

佑真がゆっくり腕を構えた。得意としている天地の構えだ。その場の気がすっと集まり佑真の体に宿ったのを、周りの者はみな感じた。首筋《くびすじ》がゾクッとした子分たちは、お互い顔を見合わせた。近づきがたい波動が佑真を包んでいた。怒りで冷たく燃えている佑真の目が、離れたところにいる風間をとらえた。その目にはもう迷いはなかった。一呼吸の間があってから、子分の一人が襲いかかってくる。そこにカウンターの正拳突きが炸裂《さくれつ》した。

「グオッ！」

グシャリと内臓を押しつぶすような拳《こぶし》の衝撃を受け、その男は腹を押さえてうずくまった。拳に残ったリアルな肉体の重みは、初めて知る確かな手応《てごた》えとなって佑真の奥底に眠っていた闘争本能を揺り起こした。自らの容赦ない攻撃で無残《むざん》に倒れた人間の姿に、佑真は後ろ暗い残虐《ざんぎゃく》な陶酔《とうすい》に浸《ひた》った。最初の一人を一撃で沈めると、佑真は素早く次の敵に向き直る。襲いかかろうと突進してきた男に、佑真は正確な裏拳《うらけん》を見舞った。見えない角度から飛んできた強烈な拳を顎《あご》に喰らったその男は、ぶっ倒れて悲鳴をあげた。続いて背後からやってきた子分の気配を察知し、振り向きざまに中段蹴りを放つ。腹の真ん中を重い突きで打ち砕いた。胃液を吐き出しながら四人目の男が膝《ひざ》をつくと、突きを決めたままの形で吼えた。

「かかってこいや!!」

啖呵《たんか》を切った佑真の口と鼻から血が流れた。ただならぬ殺気を放っているその鬼気迫る姿に、風間はひるんだ。

「お前、空手使ったら破門なんだろ!?」

「そんなの知るか、オラァ!」

「ま、まあ待てよ。お前の拳は凶器なんだからさ、その拳使うってことは俺らも凶器使っていいってことだぜ?」

「上等だぜ。オメーラぶちのめすまで帰さねぇからな!」

「やっべ、こいつ完全に頭おかしいわ。つきあってられっかよ」

風間は佑真のことを茶化《ちゃか》してまともに相手にしない。

「ふざけるな！！　お前がレイナを巻きこんで始めたことだろ！　ケジメをつけやがれ！」

佑真が風間に駆け寄ろうとした。すると風間が「お前ら、あれ使っちゃって大丈夫だぞ」と声を張り上げた。残った子分たちが護身用の六角棒《ろっかくぼう》やごつい鎖を手にして構えた。佑真の顔面を狙って横に振り払われた六角棒をさっと体を引いてかわすと、当たったら致命傷《ちめいしょう》になるはずの凶器が頭ギリギリのところをかすめた。続いて、風を切る音とともに飛んできた鎖をよけると、ガシャンと河原の石を叩き割る音が響いた。他愛《たわい》もなく危険な武器を使ってくる風間たちの軽薄さに、今まで他人を傷つけることを恐れて空手を使わず耐えてきた佑真の抑えられた激情が決壊《けっかい》した。

「お前ら全員許さねぇ！」

佑真は再び放たれた鎖を肘《ひじ》で弾《はじ》き返《かえ》し、怒りの鉄拳を連続で放った。拳は金属棒を弾き飛ばし、子分の胸を貫《つらぬ》いた。

「ぐおっっ！」

子分は胸を押さえて崩《くず》れ落《お》ちた。その瞬間、鎖が佑真の右腕に巻きついた。ギシギシ引

っ張られて動きを封じられる。

「ナメんなぁっ!!」

佑真は鎖を腕で素早《すばや》く巻き取って相手を力任《ちからまか》せに引き寄せると、鎖を持っていた子分を蹴り倒した。チャンスとばかりに襲いかかってきた残りの子分をそのまま鎖つきの裏拳で始末した。

子分たちがことごとく地面に這《は》いつくばると、風間は顔色を変えた。

「なにしやがるんだてんめぇええええ!」

「こっちのセリフだこの野郎!」

風間と佑真がにらみ合った。

「お前が金にこだわる理由はさっきわかったぜ。高校生にイジメられちゃってよぉ。お前も大変だな」

「るせぇぇえええええ!!」

風間の叫びを合図に、二人が同時に相手に向かって駆けだす。交錯した瞬間、同時に拳を振り抜いた。佑真も風間も、そのまま微動《びどう》だにしない。

「う、うぐ」

風間が突然腹を押さえてうずくまった。佑真はもう一度正拳で空気を裂《さ》いたあと、まるで型を演じ終わったかのように一礼をした。

「佑真、カッコいい……」

レイナの声で我に返った佑真は、レイナを抱きかかえた。

「レイナ！　大丈夫か!?」

「私は大丈夫。それより、佑真が……」

レイナは傷だらけの佑真の顔に手を伸ばした。

「痛《い》てて……触《さわ》んないで」

藤木が近づいてきた。

「あーあ、使っちまったな、空手」

「師範にバレるかな？」

「わっかんねぇ、言わなきゃわかんねぇかも？」

正拳をまともに食らった子分の一人が脇腹《わきばら》を押さえたまま苦しそうな息をしているのに

気づいた佑真がその男に声をかけた。

「息するのも痛いか？」

男は顔をしかめて脂汗《あぶらあせ》を流しながら無言でうなずいた。

「アバラ折れてんぞ。そんなに痛いんなら、動くとヤバい。折れた骨刺さって死ぬかも」

「え……え……!?」

「救急車呼んでやるから動くな。じっとしてろ」

佑真は藤木からスマホを借りて救急に連絡すると、救急車を待つために河川敷沿《ぞ》いの道まで出た。レイナは佑真の顔を心配そうに見上げた。

「佑真も病院行ったほうがいいよ」

「あ？　俺は平気だって」

「だって佑真、血が……」

レイナは佑真のこめかみから流れ落ちる血をハンカチで拭《ぬぐ》った。

「いてて、大丈夫だっつうの。かわいいハンカチ汚《よご》れるだろ」

「そんなのいいって」

「よくねーよ。俺があげたやつじゃん。どうせまだ血ィ流れてくるから拭《ふ》いても無駄だっての」

遠くから救急車のサイレンが鳴り響いてくる。同時にパトカーが近づいてくるのが遠くに見えた。

「バレるな、これは」

藤木がつぶやいた。

「あー」

赤いランプが近づいてくると、佑真は手を振って救急車に合図をした。レイナが佑真の胴着をギュッと握《にぎ》りしめる。瞳《ひとみ》からは涙がこぼれていた。

「なんだよ？　どっか痛いのか？　見せてみ」

「ごめん、私のために……佑真に空手使わせちゃった……」

「しょうがねーだろ。妹守るのに習ったんだからさ」

「ありがと、佑真」

救急車が佑真たちの目の前で止まった。救急隊員が降りてくる。

「けが人は君か？」

佑真は首を振った。

「俺は大したことねぇ。あっちのやつをお願いします」

佑真は河川敷のほうを指差した。


この喧嘩は結局警察沙汰《ざた》になり、佑真は母親とともに警察に呼ばれた。風間たちも呼ばれ、どちらも今後気をつけるように、と警察にきつく叱《しか》られて帰された。

佑真が空手技《わざ》を見せてから風間たちがからんでくることはほとんどなくなったが、それでも万が一のために警戒を怠《おこた》らずに毎日を過ごした。

佑真の生活に異変が起きたのは、風間たちとの喧嘩から一週間経過したころだった。佑真は学校から帰ったあと、いつものように空手道場に向かった。

「五條、今日居残りするように」

高荷からそう告げられたとき、声に緊張が走っているのに気づいた佑真は嫌な予感がした。高荷は裏表のない性格で、なにかよくないことが原因で居残りを命じられたのは明らかだった。道場から他の生徒たちがいなくなってから、高荷は佑真と話を始めた。

「五條。お前、私に話さなくちゃいけないことはないか？」

高荷は厳しい目つきで佑真をじっと見ている。

——まずい。完全にバレてる。

佑真は覚悟を決めてうなずいた。

「……はい」

「言ってみろ」

「こないだ、喧嘩で空手を使ってしまいました」

「お前がここに来たときの、私との約束は覚えてるよな？」

佑真はうつむいて答えた。

「はい、『外で空手を使うな』です」

「そうだ。『妹を守りたくて空手習いに来ました！』ってやってきたお前に『空手は喧嘩

で使うもんじゃない。空手を身につけた者の拳は凶器だ。空手道場以外で絶対使うな』と言ったのは覚えてるな？」

「はい」

「五條、お前のことはよく見てきたつもりだ。小学生のころから髪を染めても、お前なりの考えがあってのことでただチャラチャラしてるわけじゃないと思ってた。この子なら私との約束をしっかり守ってくれる、とそう信じてたよ。だけど、私は失望したよ」

「師範……」

「噂はいろいろ聞いている。でもな、私が一番失望したのは、噂の内容じゃない。お前が外で空手を使ったことを私に隠していたことだ」

「……！」

佑真はどっと冷や汗をかいた。

「私との約束は気づかれなければ破っても大丈夫。そんな軽いものだと思っていたんだな、五條は」

高荷の声が震えた。

「師範、それは違う……！」

「違わない！」

高荷の一喝《いっかつ》が佑真の体を貫《つらぬ》いた。

――とりかえしのつかないこと、やっちまった……。

佑真はうなだれて、全身から力が抜けていくのを感じた。

「お前がこれからどんな卑怯《ひきょう》な道を歩んでいくのか、思いやられるよ。私はそんな姿を見守るほど優しくない。去れ」

「えっ……」

「破門《はもん》だ。二度とこの道場の敷居をまたぐな。さっさと出てけ！」

佑真は顔を上げて高荷を仰いだ。高荷は、まるで石像のように冷たい顔をしていた。その視線が痛くて顔を背《そむ》けると、佑真は悔《くや》しさのあまり走りだした。

――くそっ、一度……一度のまちがいで破門かよ！

佑真は街中《まちなか》をめちゃくちゃに疾走《しっそう》した。行き当たりばったりに走って、いったいどこを走っているのか自分でもわからなくなった。

「ハァ、ハアッ」

息が上がり、吐き気を催《もよお》して足を止めた。

「お、あれ五條じゃね？」

弱っている佑真を目ざとく見つけた風間の子分が二人、近寄ってくる。

「おい、こないだはよくも一人病院送りにしてくれたな？　そのお礼、たっぷり返してやるぜ」

子分の一人がメリケンサックを手にはめて構えた。

その瞬間、佑真の蹴りが子分の顔面に入った。

「ウグッ！」

佑真はそのメリケンサックを使わせないまま子分の一人を瞬殺すると、もう一人もみぞおちに蹴りを入れて倒した。

「テメエら、全員ぶちのめしてやる。風間にそう言っとけ」

佑真はそう言い捨てると、倒れている子分たちを置き去りにした。

破門された佑真はたががはずれたかのように暴力を解き放った。風間との対決を重ね、毎回圧倒的に勝ち、風間の子分に奇襲をかけられてもすべて返《かえ》り討《う》ちにした。その無慈悲《むじひ》な暴力は、風間組を震え上がらせた。風間が佑真に何度も倒されると、風間の子分のうち三人は佑真になびいた。風間はついに学校に来なくなった。

佑真はその三人と一緒に生徒会室に近い、占拠済《せんきょず》みの鉄研《てつけん》(鉄道研究)部室に入りびたるようになった。

「ユーマさん、タバコ吸わないっすか?」

佑真の仲間になった一人がタバコを手にしている。

「タバコか……師範に止められてたけど、吸っちまおうかな。退屈だし」

「やっぱ気分シャキッとしますよ」

佑真はタバコを一本もらって口にくわえると、差し出されたライターで火をつけた。

「ゴホッゴホッ」

むせて咳《せ》きこむ佑真を仲間たちが笑った。

「なんだ、ユーマさん初めてっすか？　変なところマジメだなぁ」

「うっせえ。すぐ慣れらぁ」

顔をしかめて無理やりタバコの煙をもう一度吸いこんだ。


佑真とレイナはあの日以来、毎日必ず一緒に帰る。後ろには仲間になった三人が護衛のようについてくる。

「お前ら、下校のときまで一緒にいなくていいんだぜ？」

「水臭《みずくさ》いなぁユーマさん。俺らイヤイヤついてきてるわけじゃないんだから」

三人のうち、髪を真《ま》っ赤《か》に染めて粋《いき》がっている前野《まえの》が答えた。

「そうそう。喜んで！」

佑真の仲間たちがガハハと笑った。

「ったくしょうがねぇなあ」

佑真は仲間たちに慕《した》われてまんざらでもなかった。向こうからやってきた通りがかりの大きな男が、佑真をじっくり見てから声をかけた。

「あれぇ？　五條？」

その男は藤木だった。

「あ、藤木さん！　久しぶり！　あのときはどうも」

佑真が挨拶すると、佑真の仲間たちが自然と頭を下げた。藤木は佑真のことをジロジロと見たあと、首をひねった。

「五條さぁ、お前なんか変わったなぁ」

「そうっすか」

佑真は藤木との距離を感じて、丁寧語《ていねい》になった。

「なんかこえー感じするよ」

「えっ？」

「殺気だらけでさ、近づきづらいわぁ。俺、声かけるかどうか迷ったもん」

「……そんなことないっすよ」

二人の間に沈黙が流れた。藤木は気まずそうに首をかいた。

「変なこと言っちゃって悪かったな」

「……藤木さんはいま、なにやってるんすか？」

「工務店に就職したんだけどさ、すぐクビになっちゃったんだよなぁ。なんかなじめなくってさ。いまは白木組《しらきぐみ》ってところでお世話になってる」

佑真はそれを聞いて驚いた。

「白木組って……ヤクザの組ですよね？」

「そうそう、やっぱ縁があったのかなぁ。見た目ヤクザっぽいって見られてたから、そっちのほうが似合ってたのかもな。そういや、いまは風間が出入りするようになったよ」

「風間……!?　組に出入りしてるんだ？」

「前はやばいやつだったけどさ、いまは毒気が抜かれたっていうか、ちょい悪くらいのやつになったよ。お前が徹底的にシメたって噂、ほんとなのか？」

「ああ、はい」

「強そうだもんなぁ、いまは。ほんとヤバいオーラあるって。学校で、『二中最強の男』って言われてるんだろ？」

「……やめてくださいよ」

「でもさ、お前は根っこがしっかりしてるからさ。今はそうやってつっぱってても、根っこ思い出せばいつでも戻れるはずだよ。俺なんか根無し草だからよぉ。じゃあ、またな」

そう言うと、さっさと行ってしまった。佑真の仲間は不思議そうに藤木を目で追った。

「気にすんな」

佑真はそう言ったものの、藤木に言われた言葉がそのあともずっと引っかかった。


「くそっ、くそっ」

帰宅した佑真は、庭先で空手の練習を繰り返した。道場でやっていたときと違い、正確性は無視してひたすら鬱憤晴《うつぷんば》らしのために拳を突き出している。

——藤木さん……なんなんだよ、あの眼は。同情するような目つきしやがって。俺がなにしたっつうんだよ。

次は、クッションを巻いた木に拳を叩《たた》きこむ。鈍《にぶ》い音が庭に響いた。そんな兄の様子をレイナは二階の部屋の窓から心配そうにのぞきこんだ。


朝、玄関で佑真がゆっくりと靴を履《は》いているとレイナが遅れてやってきた。

「遅刻しちゃいそうだよ。急ごう！」

「いいよ、遅れたって」

「ダメだよ」

「先に行けよ」

「やだ。一緒に行く！」

レイナは強引《ごういん》に佑真の腕を引っ張った。

急ぐ気のまったくない佑真が大きなあくびをした。

「ふぁあああ」

「やだぁ、締《し》まらないの！　あのね、佑真に言っときたいことがあるんだ」

「なんだよ？」

レイナは少し間《ま》を置いた。

「あのね……私、生徒会長を目指《めざ》す！」

「ハァ!?　どうしたんだよ？」

「だってさ、佑真は学校で誰よりも強いじゃない？　これで私が生徒会長になって、権力を握ったら、私たち最強じゃない？」

佑真はまじまじとレイナのことを見た。

「レイナ……すげぇこと思いつくな」

「どう？　嫌だ？」

「最高だぜ。生徒会長になるの、俺が後押ししてやるからがんばれよ」

「私がもし生徒会長になったら、佑真が退学になりそうになっても守ってあげる！」

佑真は久しぶりに心の晴れる思いがした。

「レイナ。お前はほんとにかわいい妹だよ」

「やだ、照れる」

レイナは佑真にくっついて駅に向かった。


——二中最強の男が、高校へ進学して「ダチ高最強の男」になって長い月日が経《た》った。

大太刀《おおだち》高校の相撲《すもう》道場では、祭りのような騒ぎが起きていた。

「やっちまえ!」

「オラオラァ、一年どうしたぁ!!」

「ユーマさん、トドメを刺しちゃって!」

荒れ果てた相撲道場では、新入生への根性入れが続いていた。佑真はひととおり新入生をノックアウトすると、ソファにどっかと腰をかけた。大勢の取り巻きの一人が声を張りあげた。

「いいか、新入生ども！　よぉく覚えとけ‼　入学以来喧嘩《けんか》無敗、ダチ高最強の男！　五條佑真さんだ‼‼」

佑真は拳をタオルで拭《ふ》かせながらため息を吐《つ》いた。

「もうちょっとセンスのいい紹介のしかたしてくれよなぁ、おバカちゃん」

歯ごたえのなさに気《け》だるさを感じてソファに深く身を沈めた。

その道場に、佑真とレイナの人生を大きく変える男が現れるまであと少し。その影はもうすぐそこまで来ていた。

# 第五幕　オシャレ番長

相手を倒すためだけに鍛《きた》え抜いた腕を持ち上げると、盛り上がった上腕二頭筋《じょうわんにとうきん》から湯気《ゆげ》が立《た》ち上《のぼ》る。髪に手をやる。鋭い目で鏡に映《うつ》った顔をにらみつけ、ジェルを髪に塗りたくると櫛《くし》でかき上げた。崩《くず》れていた銀髪が天を指《さ》してそそり立つ。

朝練後に佑真《ゆうま》が行う恒例の行事、髪のセットだ。整髪料でがっちりと固めた銀髪は少々の運動ではビクともしないが、相撲《すもう》の激しい練習のあとでは崩れてしまうことが多々ある。崩れようが崩れていまいが、もう一度髪をチェックして整《ととの》える、朝練後のルーティーンだ。

洗面台に佑真の整髪料の容器がずらっと並んでいる。そこに練習でフラフラになった三《み》ツ橋《つはし》がシャワー室から出てきた。髪をタオルでごしごしと拭《ふ》きながら、手で毛先を尖《とが》らせている佑真を感心した様子《ようす》で見上げた。

「佑真さんってほんとオシャレですよね」

「ん？」

「稽古《けいこ》のすぐあとに髪整えるなんて、僕には無理ですよ」

「身だしなみを整えるのは、人として当たり前だろ」

「普通、そこまできちんとはできないですよ。やっぱりオシャレ心があるから」

「ちがうっつーの。オシャレとかそういう問題じゃねぇ。実はさ、これカチカチに固めるから武器にもなるんだぜ」

佑真はこれみよがしに髪を尖らせた。

「へーっ」

「ならねぇよ」

佑真がその腹に軽くパンチを入れると、やられたという顔で三ツ橋が笑った。他の部員たちも洗面所にやってきた。

「五條《ごじょう》は大変だな！　毎回いちいち髪キメるなんてよ」

チヒロは自分の髪を手で軽く直した。そんなチヒロの頭を小関《おぜき》がまじまじと見ている。

「國崎《くにさき》はその髪ってどこで切ってるの？　いつ見てもあちこち長さ違ってて、不揃《ふぞろ》いっていうか斬新《ざんしん》っていうか」

「これか？　ほめてくれて嬉《うれ》しいぜ。流行《はや》りのセルフカットってやつだよ。伸びてきたとこを見つけたらハサミでバッサリ切る。もみあげだけは慎重《しんちょう》にやらないとダメだぜ？　ここだけはバリカン使ってんだ。それでチヒロ最強カットの完成」

「えっ!?」

小関が思わず大きな声を出した。

「なんだよ部長、そんな驚くほど、切るのうまくはないぜ？　でもお望みなら切ってやるよ、部長の髪も」

「えっ、いいよ、ありがとう。気持ちだけ受け取っとく」

佑真がチヒロの髪を見て口をあんぐりと開けた。

「どこの世界でセルフカットが流行ってんだよ？」

「そういう五條はどうしてんだよ？」

「俺はいつも柏《かしわ》のサロンで切ってる」

また小関が大きな声をあげた。

「は!?　サロン？　柏？　ユーマさん、ずいぶん遠くまで行ってるんだ……」

「しょうがねぇだろ、気に入ったサロンがこの辺にないんだからよ」

「國崎とユーマさん、両極端《りょうきょくたん》だなぁ。でも、どっちかっていうとユーマさんのほうが驚きだわ。高校で男がサロンに行ってるって初めて聞いたわ」

三ツ橋がおずおずと手を挙《あ》げる。

「あの……僕も美容院行ってますけど。カラー入れてるんで」

「ええっ！　そうか、俺が知らないだけだったのか。けっこう美容院行くもんなんだな。俺は近所の馴染《なじ》みの床屋《とこや》行ってるんだけど、最近そこのじいさんが物忘れが多くなってちょっと怖《こわ》いんだよな……」

そこへ火ノ丸《ひのまる》がタオルで汗を拭きながらやってきた。

「なにをそんなに盛り上がってるんじゃ？」

みんな自然と火ノ丸の髪に注目した。

「おぉ、いま髪型の話してたところなんだ。潮《うしお》はその髪ってどうしてるの？」

「なんじゃ、そんなことか」

ふっと火ノ丸が笑った。

「それではワシ流のヘアスタイリングを教えるとしよう。ヘアスタイリングの基本はブローじゃ。ブローなくして強い髪型なし。相撲に強い足腰が不可欠《ふかけつ》なように、ブローで髪の足腰を強くするんじゃ。まず、前髪を立ち上げるようにブローしてから髪全体にワックスをつけ、髪を一度全部立たせる。強い足腰があってはじめてできる技《わざ》じゃ。それからシルエットをよく考えながら、両手で挟《はさ》んで小さなモヒカンをたくさん作る。わしの場合、動きを出すために軽くパーマをかけている。目に映《うつ》らないほどの繊細《せんさい》な小技で大技を支《ささ》える、これがワシの流儀《りゅうぎ》じゃ！」

一同ポカーンとして火ノ丸の講義に聞き入った。

「わはは、みんな鳩《はと》が豆鉄砲《まめでっぽう》食らったみたいな顔になっとる。愉快《ゆかい》じゃのう！」

火ノ丸はひとり大笑いして、みんなを残して消えていった。三ツ橋と小関が顔を見合わせた。

「な、なんだったんですかね？」

「わかんない……俺ちょっと怖かったよ」

小関はこめかみに冷や汗をかきながら洗面所を出ようとした。そこには辻《つじ》が壁に寄りかかって立っていた。

「ったく、火ノ丸の冗談って笑えないっすよね。ふだんが大真面目《おおまじめ》だからどこから冗談かさっぱりわかんなくて」

「え……あれ、冗談か！　わかんなかったよ！」

小関はやっとほっとして心の底から笑顔になった。

「そうなんですよ。あいつの髪、感情とか気合でコントロールできるんですよ。俺なんか髪見ただけでいろいろわかっちゃう。本気度１２０パーセントになると髪がすごい熱を持って、焼き芋焼けるくらいなんですよ」

フフフと不気味《ぶきみ》な笑いを残して更衣室を出ていく辻の後ろ姿を、凍りついた小関が見送った。

「怖《こえ》ぇえ。あいつらほんと意味わかんねぇわ……」

スプレーを手にした佑真もチヒロも「なんなんだ？」とわいわい騒《さわ》いだ。

そうして洗面所を出ていくダチ高相撲部員たちを、陰《かげ》から見守っている者たちがいる。

解説親方《かいせつおやかた》マークⅡ《ツー》と分《わ》からない君《くん》だ。

「こうしてふざけ合っていると、頂点を目指《めざ》す彼らも普通の高校生と変わらないデス。ところで、分からない君はどこでその髪型にしてもらってるんデスか？　見事な髷《まげ》デスね」

**「ああ、これっすかぁ？」**

分からない君は髪に手をやった。髪からは鬢《びん》付け油《あぶら》の香りがただよってくる。

**「横綱《よこづな》駿勇《しゅんゆう》のヘアセットをしたというスタイリストさんに毎朝してもらってるんすよぉ」**

「そ、それって伝説の床山《とこやま》、『知床《しれとこ》』さんのことデスか⁉」

**「床山ってなんすかぁ？」**

「床山とは相撲部屋付きで力士の髪を結《ゆ》う仕事を……待ってください！　分からない君、話を詳《くわ》しく！　知床さんの話を聞きたいデス！」

鬢付け油の甘い香りを残して去っていく分からない君を、解説親方マークⅡは走って追いかけた。

# 第六幕

# 金盃の主将はつらいよ

★このエピソードはJC18巻のネタバレを含んでマス。

四月八日

始業式。ついに三年になった。主将として石神《いしがみ》高校相撲《すもう》部を引っ張り、結果を出すときがいよいよきた。鳥取白楼《とっとりはくろう》の連覇《れんぱ》を阻《はば》むのが主将としての俺の使命だ。

初日からろくでもない出だしだった。石高春の風物詩、校門前でうじゃうじゃしてるバカな新入生がいきなり因縁《いんねん》をつけてきた。初対面で俺をサル山のボス呼ばわりだ。いまどきどこでかけたか知らねぇが、きっついパンチパーマのやつがバカ面《づら》下げてベラベラしゃべっては唾《つば》を飛ばしてきやがる。俺の顔の傷を指差して、ビビらねぇぞとは恐れ入る。弱い犬ほどよく吠《ほ》えるとはよく言ったもんだ。自信のあるやつがわざわざビビってねぇと宣言するか?

せっかく無視してやったのに、それが気に食わなかったバカが俺の肩をつかんだ。故障したことのあるこの右肩に触《さわ》られて、俺は猛烈《もうれつ》に腹が立った。思わず振り返ったら、どこの誰だか知らねぇやつがバカを押さえつけた。

相撲部の男一人で三十人をボコボコにした「血煙《ちけむり》の一夜《いちや》」事件を知らねぇのか、こいつはその相撲部主将だ、お前死ぬぞ、とそいつは言った。パンチパーマのバカが音速で大人《おとな》しくなった。周《まわ》りのやんちゃな新入生も同時に黙った。

俺は、もし俺と勝負をつけたかったらお前ら相撲部に入れ、と一応勧誘しておいた。春だしな。

あの事件のときに、真田《さなだ》ひとりが責任をかぶったことには、すまない気持ちでいっぱいだが、こうして真田の伝説がいまでも相撲部を守っていてくれていることに感謝だ。

うっとうしいやつはあとを絶《た》たないが、俺はそんなやつらの相手をしてる暇はない。相撲部主将の責任は、なによりも重い。

## 四月九日

今日は入部希望の新入生が来た。いまのとこ九人。人数としては去年に負けている。もう少し部の宣伝をすれば増《ふ》えるかもしれない。そこは真田と間宮《まみや》に相談しよう。

新入生のなかで一番目立っているのは沙田美月《さだみづき》だ。中一から相撲を始めて、去年の全中大会で圧倒的な力を見せつけて優勝するまで上り詰めた。同じ相撲クラブだったから沙田が相撲を始めたときから知っている。最初はバスケやサッカーの大会で数々の実績を引《ひ》っ提《さ》げてやってきたという触れこみの沙田をナメていた。線は細いし、チャラい。どう見ても相撲向きじゃねぇ。

ところが、俺が石高の相撲部に入ったころから、あいつはめきめきと強くなった。体も下半身中心に鍛《きた》えて相撲向きになりやがった。

その沙田と久々に顔を合わせた。開口《かいこう》一番、やつは「ちぃーっす！」と挨拶《あいさつ》しやがった。軽いところは全然変わってねぇ。まずは礼儀から教えこむ必要がある。

四月十日

新入部員を交《まじ》えての初稽古《げいこ》。いつもどおり、四股《しこ》踏《ふ》み三百回から始めた。ストレッチから始める相撲部もあるが、四股から入るのが石高相撲部のやり方だ。ここで下半身をいじめ抜くと、下半身だけでなく心も鍛えられる。ヤワな心では石高相撲部は務《つと》まらない。

今年も新入部員たちは相撲の経験を積んできたやつらがほとんどだった。だから素人《しろうと》なら三十回、四十回でギブアップするところをついてきた。

途中で沙田がいないことに気づいた。まさかへばることはないだろうから、もしかしてケガでも抱《かか》えているのかと心配になった。

四股が百八十回を越えるころには新入生たちは足が上がらなくなった。自分の鍛え方はまだまだ足《た》りないんだ、と思い知れ。ここで徹底的に鍛え直すことを肝《きも》に銘《めい》じてもらわなくては困る。

あと十五回のラストスパートで、今度は沙田がいることに気づいた。故障を抱えているなら、場合によっては四股で悪化させる恐れもあると俺は思った。真田に基礎練を任《まか》せて部室の外で沙田に話を聞いた。腕のいい整形外科も監督が知っている。

どこが痛むのか聞くと沙田は大丈夫だと言う。大丈夫ならどうしたとさらに事情を聞くと、目が泳ぎやがった。俺はピンときた。まさかの初日からサボりだ。

沙田は、このあとの大事な実戦式の練習のために体力を温存していただけで断じてサボりではないと主張した。それをサボりっつうんだよ！

恐ろしいことに沙田は見た目だけでなく、中身もチャラいままだった。中一のときよりもチャラさは悪化している。

そういうことなら実戦練習をしてみろ、と言った。ここでやつの慢心《まんしん》をへし折ってやるのが沙田のためになる。新入部員の強そうなやつと次々と対戦させた。だが、沙田はすべておっつけで相手の肘《ひじ》を極《き》め、なにもさせずに次々と土俵の外へ押し出した。強い。なのに基礎練をサボる。信じられるか？　俺は沙田が許せなかった。

俺は対戦相手に沙田を指名した。へらへらと笑って逃げる沙田をつかまえてなんとか仕切り線に立たせると、俺は沙田の鼻《はな》っ柱《ぱしら》を折る意気ごみで手をついた。

沙田の顔からゆるみが消えたのがわかった。俺も心おきなく本気で相撲を取る体勢に入った。

沙田のおっつけが厳しいことは念頭にあった。だから突っ張りで先手を取って沙田の得意の形に持ちこませないつもりだったのに、俺の突っ張りは全然届かなかった。いや、沙田の体には届いているのにまるで手応《てごた》えがないと言ったほうが正しいな。とにかく、空気を相手にしてるようで俺はゾッとした。その動揺を見透《みす》かしたように、沙田は強烈なはず押しをねじこんできた。しまったと思ったときにはもう、俺の体は土俵の外にあった。沙田相手に俺は何もできなかった。

もう一丁やりますか？　とぬかす沙田は無邪気な笑顔で、俺も頭に血が上った。でも、二番、三番と相撲を取って、結局俺は一番も勝てなかった。四つに組もうとすると沙田のおっつけの餌食《えじき》となるし、受け身で攻めさせてみたら強烈な出し投げを喰《く》らった。

悔《くや》しくてたまらなかった。いや、過去形じゃない、俺は悔しい。沙田は横綱《よこづな》とはいえ、それは中学時代の話だ。三年間俺は何をしてきたんだ？

沙田は間違いなく石高のエースを担《にな》う存在だ。こいつを核にして、鳥取白楼の牙城《がじょう》を崩《くず》

す。全国制覇《せいは》への道は拓《ひら》けた。俺もさらに精進《しょうじん》する決意だ。

四月十一日

今日、衝撃的なことが起きた。

四月十二日

昨日《きのう》起きたことは、本当は日記に書きたくない。けれど、今後の教訓として書いておく。
昨日の練習中、突然大太刀《おおだち》高校の相撲部が二人、出稽古《でげいこ》にやってきた。大太刀高校に相撲部があるなんて知らなかった。しかも一人はヤンキーでまわしすら持ってきてないし、一人は相撲を取るなんておこがましいほどチビだ。俺はそのチビのことなど眼中《がんちゅう》になかった。なのに、やつは俺に相撲で負けたら相撲をやめる、と挑発してきやがった。まったく今年の一年はどうしてこうナメくさった連中が多いんだ？　俺がそのチビに引導《いんどう》を渡して相撲の世界から足を洗わせるのが優しさというものだ。俺はそう思った。だが、ナメていたのは俺だった。そいつはとんでもねぇやつだった。常識はずれの剛力《ごうりき》の持ち主だった。

俺はこのチビに負けた。小学生横綱？　国宝鬼丸國綱《こくほうおにまるくにつな》？　そんなこと知ったこっちゃない。四年も前の話だ。中学でろくに戦績を残せなかったそのチビに、俺は投げ飛ばされた。大太刀高校一年、潮火ノ丸《うしおひのまる》、お前のことは覚えておく。

どんな相手でもナメてかかってはいけない。それが昨日の教訓だ。帰りぎわ、西上《にしがみ》高校から連絡があり、ダチ高のやつらが石高を西高と間違えたことがわかって面食らった。確かに似てる。

四月十六日

思いどおりにならないことばっか次々起こりやがって腹が立つ一日。まったく今年の一年は……。

相変《あいか》わらず沙田は基礎練をサボる。今日、最初の四股のときに気にしていたら、沙田は二十回過ぎたときにそっと練習場を抜けた。もう追いかけ回して引きずってくるのは疲れたのでそのまま続けた。あれだけの素材なのだから、基礎錬をみっちりとやれば鬼に金棒だ。なのに、沙田はいくら叱《しか》っても基礎練をサボりやがる。なまじっか強いだけに基礎錬の大切さがわかっていない。沙田は小学校のころからスポーツ万能で、生まれ持った抜群の運動センスがある。だから相撲をやっても華々《はなばな》しい結果を残せた。だが、その貯金が活《い》きるのは中学までだ。高校相撲はそんなに甘くない。一度、自分より圧倒的に強いやつに負けてみたらいいんだ。負けることは己《おのれ》を強くする。負けを糧《かて》にするだけの根性が沙田にあるかどうか。

それから、一年生の荒木《あらき》源之助《げんのすけ》が停学処分を受けた。

荒木は中学で柔道をやっていて、それこそ沙田と同じように派手な戦績を残した。総合格闘技志向で、高校では相撲を経験したいという。最初は中途半端な気持ちで相撲をやろうとしているのかと思ったが、貪欲《どんよく》に相撲に取り組んでいる。この調子なら、夏のインターハイまでに戦力として頼れるかもしれない、いや秘密兵器となるポテンシャルがあると思った矢先の出来事だ。四日前に学校内で暴力事件を起こし、今日処分が定まった。あれほど、不良どもは相手にするなと言ったのにこのザマだ。どいつもこいつも俺の言うことを聞かない。

四月十七日

今日の沙田。四股、二十五回。

そのくせ、実戦形式だと誰にも負けない。厄介《やっかい》だ。

四月十八日

今日の沙田。四股、三十回。
このサボり魔をスタメンに起用していいのだろうか？　基礎練なくして実戦なしとルールを決めてしまおうかとも思ったが、俺が勝手にルールを作るのはよくない。それに、対外試合でどれだけの実力が発揮できるかも見たいのが正直なところだ。これ以上迷わない。沙田をスタメンに起用する。間宮には先に話しておこう。

四月十九日

明日は春の大会地区予選だ。三対三で団体戦が行われる。そのスタメンに、沙田を入れることを発表した。沙田、真田、俺の三人だ。沙田の実力が飛びぬけていることを部員たちに説明したところ、とくに反対意見は出なかった。間宮には先に話しておいた。お前にはスタメンの実力があるが、今回はバックアップにまわってほしい、五人制の試合のときは存分《ぞんぶん》に暴れまわってくれ、と伝えたところ納得してくれた。間宮、ありがとう。

四月二十日

第百二回高等学校相撲大会千葉《ちば》県予選、石高は優勝することができた。皆死力を尽《つ》くしたいい相撲で勝ち取った優勝は、本当に価値がある。だが今日一番の収穫は沙田が負けたことかもしれない。沙田を破ったのは、ダチ高の潮火ノ丸。俺を投げたあのチビだ。沙田のあんな悔しそうな顔、俺は初めて見た。

メモ――『月刊相撲道』を買うこと。

四月二十一日

昨日の負けが効《き》いたのか、沙田は率先《そっせん》して四股を踏みはじめた。それでいい。

四月二十二日

沙田の改心は本物だった。四股踏み三百回をサボらずに最後までやるだけでなく、すり足、テッポウも自分からやっている。これで沙田が一皮剝《む》けたら、「国宝」の連中を倒す大将の役を任せられる。鳥取白楼の背中が見えてきたんじゃないか。

沙田に、最初からちゃんと四股踏んでりゃ鬼丸に負けずにすんだのにな、と声をかけたら、やっぱ一日百回じゃ足りなかったっすね、と言いやがった。しれっと回数を水増しするところ、チャラさに一本筋《すじ》が通ってると感心した。

嘘《うそ》つけ、三十回がいいとこだぞと言うと、案《あん》の定《じょう》すっとぼけた顔をしやがった。動かぬ証拠に、俺の日記にちゃんと回数が書いてある、と言うと沙田の野郎、爆笑しやがった。

俺が日記つけてるのがそんなにおかしいか？　いや、他のやつらは日記をつけないのか？

四月二十九日

今日は練習を休みにした。このあとの連休中にみっちり練習するので、いったん休みを取って心も体もリフレッシュするように、と監督が計《はか》らってくれた。

ふだん、土日も練習に当てているので、久々の休みをどう過ごしていいかわからない。

家が近所なので、間宮の家に行ってみた。住所を頼《たよ》りに間宮の家を探したら、花屋の店頭で鉢植《はちう》えに水をやっている間宮を見つけた。俺が近づくと間宮は笑顔でいらっしゃいませ、と言った。声がすごくデカい。メガネはまあ見たことがあるからいいとして、エプロンかけてジョウロを持ってる間宮の破壊力はハンパなかった。

間宮は客が俺だとわかると照れた。初めて間宮をかわいいと思った。

間宮の実家が花屋だとは知らなかった。百六十キロを越える間宮の巨体は、小さな花屋

にはちょっと窮屈《きゅうくつ》そうだ。そこに俺が加わるとさらに店が狭くなる。手伝いをしていると思わなかったので出直そうとすると、間宮は俺を店に入れて椅子《いす》を出してくれた。色とりどりの花に囲《かこ》まれて間宮と向き合うと妙な感じがした。間宮の親御《おやご》さんが麦茶を出してくれたので、しばらくいた。

卒業したら花屋を継《つ》ぐのか聞くと、まだ決めかねていて考え中だと間宮は言った。間宮は俺にも進路のことを聞いてきたが、俺もすぐには答えられなかった。

先生になって相撲を教えたいって言ってましたよね、大学行くんですかと間宮が言った。それも忘れちゃいないが、将来について、高校卒業が間近になるほどはっきりしなくなっている。正直、考えるのを避けている。インターハイで優勝することがいまの俺には重要であって、先のことはそのあとで考えたい。

大相撲いかないんですか、と間宮が言ってきた。そりゃいきたいはいきたいさ。俺はどうすればいいんだ？　どうしたいんだ？

しばらく話しこんでいたのに、客はひとりも入ってこなかった。休みの日にこれで大丈夫かと思ったが、間宮は笑ってこんなもんです、と言った。

礼を言って店を出ると、間宮が店先まで送ってくれた。その様子《ようす》を見て俺は悟《さと》った。間宮が店頭にいると怖《こわ》い。客が来ないわけだ。

ふらふらあてもなく歩いていると、真田とバッタリ会った。真田はまた猫柄《ねこがら》のTシャツを着ている。この柄は見たことがないからおそらく新品だ。こいつは猫Tしか持ってないのか？

よー、と真田は気の抜けた挨拶《あいさつ》をしてきた。俺が間宮と将来の話をしたら気分が重くなったと言うと、俺が心配性《しんぱいしょう》なのがいけないと言われた。真田によると、間宮はくだらない話も好きだし、アイドルにかなり詳《くわ》しいらしい。今度、間宮と話すときはアイドルの話を振ってみよう。

俺が心配している新入生たちのことについていろいろ話してみたけれど、真田はなるようにしかならない、と言う。真田の言い分は一理あるが、俺はそこまで適当になれない。

もっと話したい気もしたが、真田はちょうど出てきた野良《のら》猫を見ると駆け寄っていってしまった。猫はビビってシャーと鳴いている。真田が猫なで声を出しはじめたので、俺は聞いてはいけないと思い、その場を離れた。

結局リフレッシュできなかった。俺はこういう気分転換が下手《へた》だ。

五月二十一日

高等学校相撲大会出場。結果はベスト8に終わった。準々決勝、鳥取白楼と激突した。全国を制するには越えなければいけない壁だったが、またしても越えることはできなかった。悔しい。とても悔いが残る負け方だった。

俺自身は首藤正臣《しゅとうまさおみ》に勝つことができて、大きな収穫を得た。間宮よりも一回り大きい相手を正面から寄り切れたのは自信になった。しかし問題はそのあとだ。鳥取白楼は二枚国宝級を残していた。加納彰平《かのうあきひら》と天王寺獅童《てんのうじしどう》だ。俺はそこに真田と沙田をぶつけた。天王寺と沙田がぶつかるのは必然だったとはいえ、二勝二敗の五分《ごぶ》でぶつかることは避けたかった。あまりにも沙田にかかる負担が大きいからだ。しかし、結局真田が加納に負け、一年の沙田にすべての重圧がのしかかってしまった。沙田は天王寺相手に、なにもできないまま負けた。あの沙田が、帰りの電車の中で目を赤く腫《は》らしていた。今回の負けは俺の責任だからお前一人が背負《せお》うもんじゃないと伝えたが、ほとんど上《うわ》の空《そら》だった。このショックがいい方向に向かえばいいのだが。

五月二十二日

今日の部室には重苦しい空気が漂《ただよ》っていた。心配したとおりだった。沙田だけでなく、真田がかなり意気消沈《いきしょうちん》していた。これを引きずってはいけない。いつもの四股の前に、全員集合して輪になった。

昨日《きのう》の敗戦は、みんなにとってショックだったろう。でも、負けってのはそういうもんだ。昨日の敗戦は采配《さいはい》を失敗した俺の責任だ。悩むのは俺一人にまかせて、インターハイに向かって前を向いてくれ。もう予選まではひと月ちょっとしかない。俺はそう言った。最後に、みんなで前に進むぞ！　と声をあげると、おう、と力強い声が部員たちから返っ

てきた。この部の主将をやってきて、幸せだとつくづく思った。

五月二十三日

中間試験の結果が出た。学年で三十二位。春大会に向けて集中して勉強は二の次だったわりにはよかった。真田は百八十三位で「目標クリアした」と喜んでた。目標は二百位以内だったらしい。学年に二百五十人しかいないんだから、目標が低すぎだ。
『月刊相撲道』に俺のインタビューが載《の》っていた。あのとき緊張して、なにをしゃべったのかほとんど覚えていなかった。緊張したときの変な口調が出てしまったみたいだ。「自分は〜であります」って毎回答えてる。兵隊さんかよ。自分で嫌《いや》になる。

五月二十四日

監督から呼び出された。沙田を大相撲の部屋で武者修業《むしゃしゅぎょう》させる手配をした、という。沙田のレベルアップをどう図《はか》ったらいいのか悩ましいところだったので、渡りに船だ。あえて言うなら、俺や他の部員が沙田の胸を借りてレベルアップできなくなったところが痛い。が、そんなことは言ってられない。沙田のレベルアップのほうが重要だ。沙田が化ければ、天王寺や鬼丸を倒せる。俺はそう信じている。

六月八日

ダチ高の連中が押しかけ出稽古にやってきた。今回は西高と間違えてきたのではなく、わざとアポなしでやってきた。監督だと名乗った一年が生意気《なまいき》で曲者《くせもの》だ。この俺を挑発しやがって。一人はまるで戦力外のモヤシだったが、部長の小関信也《おぜきしんや》が確実に成長している。火ノ丸一人じゃ五人戦ではどうにもならないだろうと思っていたのに、間に合わせてきた

ら案外うちのライバルになってくるかもしれない。情報収集を怠《おこた》らないようにしよう。

六月二十七日

明日《あす》はいよいよインターハイ予選、千葉県大会だ。主将として、この大会が総決算となる。よけいなことは考えない。川高《かわこう》だろうが、ダチ高だろうが、ぶっ潰《つぶ》す。それだけだ。

六月二十九日

昨日はどうしても悔しくて日記を書けなかった。インターハイ地区予選、石高は決勝で敗《やぶ》れた。力でも気持ちでもダチ高になに一つ負けているつもりはなかった。なのに、団体戦決勝で負けた。なぜ負けたのか。

個人としてはインターハイに出ることになったが、主将の責任を果たすことができなかった。沙田は一年なのに石高の名を背負って大将戦に臨《のぞ》み、腕を痛めてまで勝ちにこだわった。その沙田が個人戦に出場できなくて、俺が出場するのは不公平な気がしてならない。沙田の腕はかなり重傷かと思ったが、三週間後には練習再開できるそうだ。ほっとした。沙田は責任を背負って戦うのに慣れていなかったせいで、ダチ高に負けたあと責任取ってやめるみたいなことを言いだした。そんな無責任な責任の取り方なんてねぇ。あと二年間、しっかり相撲部に尽くせ、と釘《くぎ》を刺しておいた。

昨日、俺は主将の座を降りた。監督と相談の結果、間宮にこれからの石高を託した。間宮は「俺でいいんすか？」と頼りないことを言いやがった。でも、それが間宮だ。俺とは違ったやり方で石高を高みに連れていってくれる。

六月三十日

真田から、主将おつかれ、とねぎらわれた。正直嬉《うれ》しかった。けど、ねぎらいの品《しな》として渡されたニャン丸《まる》キーホルダーは、いったいどうすればいいんだ？　俺がこんなかわいいもの使えるわけねぇだろ。猫好きはいいけれど、俺に共有を求めるな。しかたないのでとりあえず、トロフィーを置いている棚《たな》に一緒に飾った。

七月二十二日
ものすごく暑い。こういうときはグリグリくんのソーダアイスに限る。

七月二十七日
相撲部は間宮新主将のもと、順調に滑《すべ》りだした。沙田をはじめ、部員たちは間宮を支《ささ》え、間宮は部員たちをしっかり押さえる重しとしてどっしり構《かま》えている。ごつい見た目に反して繊細《せんさい》な心の持ち主なのが不安だったが、主将という肩書が間宮に度胸を与えた。俺はもう陰《かげ》にまわって、インターハイの個人戦に備《そな》えよう。

八月七日

インターハイの個人戦は一回戦敗退で終わった。いまの自分の実力としては、精一杯の結果だろう。相手は金沢北《かなざわきた》の日《ひ》景《かげ》だ。大関の大景勝《だいけいしょう》の弟で「大典太《おおでんた》」の二つ名を持つ男だ。国宝とやらに負けたくなかったが、突き押しが身上《しんじょう》の相手に四つに組まれ、なすすべなくやられてしまった。日景が突き押しでくるということばかり頭にあった。

試合前、真田からアドバイスをもらっていた。突き押し相撲が得意なやつは、自分のペースを崩されると実力を発揮できなくなるから、先手を取れと。わかってると俺が答えると、真田はニヤつきながら首を振った。わかってねぇ、国宝の名にビビって受け身になってると言ってきやがった。真田は俺のことを嫌というほどわかってた。たしかに、国宝という称号にこだわりすぎて気持ちで負けているのは薄々《うすうす》自覚があった。

その真田のアドバイスを活《い》かせなかったのが、俺の力の限界だ。


個人戦は栄華《えいが》大附《だいふ》属《ぞく》の久世《くぜ》草介《そうすけ》、団体戦はダチ高が優勝した。ダチ高が優勝するとは夢にも思っていなかった。あいつらの成長は俺が一番知っていたはずだったけれど、それでもバランスの悪い、尖《とが》ったチームで、優勝には届かないと思っていた。だが、ダチ高は頂点に立った。

間宮新主将、来年は頼んだぞ！　来年こそは石高を頂点に！

そして、俺は大学にいこうと思う。いまからでも間に合うだろうか。

インターハイの収穫は、自分の出場よりも他の高校の連中の熱を感じ取ったことだ。団体戦で優勝したダチ高からはすさまじい熱を感じた。そのダチ高とやり合った鳥取白楼や栄華大附属の戦いを観《み》ていて俺は気づいた。

インターハイの団体予選で負けたとき、「国宝」と呼ばれたやつらとの差を痛感した。

身近にいる沙田や鬼丸のすごさを直接肌で知ったからだ。俺はこいつらには及ばない。そう思い知って、大学進学へと心が大きく傾いた。

八月八日

都教育《ときょういく》大学の入試資料を取り寄せた。夏休みに大学の資料を取り寄せるなんて遅いかもしれないが、いまから巻き返していこう。

八月十七日

今日、予想外のことが起きた。元横綱、駿海《しゅんかい》さんからの招待状が届いた。腕に覚えのあるやつは集まれ、と書いてあった。なぜ俺に送ってきたのだろう。文面から想像すると、

いろんな選手に送っているようだ。インターハイのとき、駿海さんは鬼丸にずいぶん肩入れしていたが、他の選手にも目を配《くば》っていたようだ。鬼丸だけに肩入れしてたわけじゃなかったんだな。きれいに印刷された手紙に、駿海さんのサインが入っている。字がうまい。横綱になる人は字もうまい。

大相撲の横綱は相撲を取る人間なら誰もが憧《あこが》れる頂点だ。国宝の連中はそこに近いかもしれない。でも、そいつらがみんな横綱になるわけじゃない。雑草みたいな無名のやつが横綱に駆《か》け上《あ》がるかもしれない。それに、横綱だけが力士じゃない。弱いやつから恐ろしく強いやつまでみんなが相撲の世界を作ってる。そう考えたら、国宝にビビって大相撲の世界をあきらめていた自分が情けなく思えた。国宝、か。国宝なんて相撲好きの誰かが噂《うわさ》しているだけの話だ。国宝だろうがなんだろうが関係ない。土俵に上がれば同じ選手同士だ。国宝がどうのなんて話にこだわっていた俺が間違っていた。

駿海さんに会ったらきちんとお礼を言おう。大相撲の世界に挑戦していいんだと気づきました、ありがとうございます、と。

## 八月二十四日

今日は駿海さんの集まりに参加。高校相撲で名のある連中がほぼ集まった。天王寺に相《あい》沢《ざわ》、兵藤《ひょうどう》……いまの高校相撲は本当にレベルが高い。そのなかでインターハイを制覇したダチ高の部長、小関が一番肩身を狭くしていた。日本一になったんだから胸を張って堂々としろ。とてもプロ向きとは思えないが、最初小関を見たときは最弱の西高に負けてクソ弱かったのにここまで成長した。まだ伸びしろがあるのかもしれない。小関にそう言ってやったら「最弱だったですか……ですよね……」とよけい下を向いてしまった。

駿海さんの話は俺を奮《ふる》い立《た》たせた。これから始まる大相撲の新時代、それを切《き》り拓《ひら》くのを俺らに託《たく》すために集めたという。駿海さんの弟子《でし》で元横綱の駿勇《しゅんゆう》親方が部屋を開いて俺たちを育て、大相撲を群雄割拠《ぐんゆうかっきょ》の時代にするんだ、と展望を語っていた。この集まりに招《よ》ばれてとても光栄だ。

俺より上のやつらはいくらでもいた。だが、そんなことはどうでもいい。上のやつらは

これから追い抜けばいい。単純なことだ。迷うな。進め。

八月三十一日

完全にしくじった。親の説得に失敗した。新学期が始まる前に、大相撲へ進みたいと両親に打ち明けて了承をもらうつもりだったが、少し前に大学進学を決めたと報告したばかりでタイミングも悪かった。

両親とも俺が大相撲に行くことについては認めてくれている。小さいころから相撲にのめりこんできた俺を、両親は本当によく後押ししてくれた。これだけの体を作れたのは、俺の努力だけではない。

俺の迷いを見て取った親父《おやじ》は、大相撲を本当にやるつもりなら大学へいってからでも遅くない、と言った。確かにそのとおりだが、他のやつらが先に大相撲に入り、プロとして強くなっていくのを見て、俺は後悔しないだろうか。焦《あせ》らないでやれるだろうか。

気持ちが大相撲に傾いて頭に血が上っていた俺に、お前は勢いで動くと失敗する。じっくりやれ、と親父が言った。俺のことを知り尽くしている親父にそう言われて、なにも反論できなかった。

大学か。腐《くさ》らずに精進できるかどうか、それは俺の心構えひとつにかかっている。部屋に戻ってこれを書いている間に、気持ちが落ち着いてきた。道は決まった。俺は大学で学生横綱となり、大相撲へ入る。道は一つだけじゃない。

九月一日

真田と間宮に、大学受験して、大学を出てから大相撲にいこうと決めたことを打ち明けた。二人とも喜んで賛成してくれた。地獄耳の沙田がさっそくやってきて、大学受験っすか？　と会話に混ざった。俺は、見かけによらず成績いいからすごいっす、らしい。俺が持つと教科書がメモ帳に見えるとか、大学では私服だからおしゃれして大学生ライフを満《まん》

喫《きっ》しろとか、大学デビューモテる？　モテない？　とか、ペラペラといらぬ世間話が止まらなくなったので、シメておいた。

これから受験勉強をしっかりやる。浪人《ろうにん》して大相撲への道を遅らせたくない。なにより浪人して沙田に一年間ネタにされるのだけは絶対に避けたい。

主将!
主将〜
主将〜

# 第七幕　送別土俵入り

★このエピソードはJC18巻のネタバレを含んでマス。

大太刀《おおだち》高校のグラウンドが冬の風に吹かれて乾き、土埃《つちぼこり》が舞った。その片隅《かたすみ》を火ノ丸《ひのまる》が歩いている。

——今日は風が冷たいのぉ。

三月の大阪《おおさか》場所で角界《かくかい》入りすることになった火ノ丸は、高校一年の途中で退学することに決めた。今日、最後の授業を終えてクラスメイトたちに別れを告げた。火ノ丸は目前に迫《せま》る憧《あこが》れの世界のことで頭がいっぱいだったが、約一年通い続けた高校を離れることはやはり名残《なごり》惜《お》しかった。教室を去る間際《まぎわ》にかけられた言葉が火ノ丸の頭に焼きついている。

——「兄貴！　中退しても兄貴は兄貴ですから！　ずっと応援してます!!」

クラスメイトの一人から熱い声援を受け、火ノ丸はドンと胸を叩《たた》いた。

「ありがとう！　その言葉、忘れんぞ！」

胸に湧《わ》き上《あ》がってくる思いを抱《いだ》きながら深々と頭を下げて教室をあとにした。

――ワシの大相撲いきを支《ささ》えてくれる人がたくさんいる。その思いを一身に受けて、精《しょう》進《じん》するんじゃ。

校庭を囲《かこ》むように植わっている木が風で揺れた。

火ノ丸が向かっているのは校舎の裏手にある思い出深い相撲道場だった。濃密な時間を過ごしてきた仲間に別れを告げるためだ。

高校日本一を獲《と》った大太刀高校相撲部もすっかり様変わりした。相撲部に残っているのは辻《つじ》と三ツ《みつ》橋《はし》だけで、小関《おぜき》と佑真《ゆうま》は卒業、チヒロは総合格闘技の道を極《きわ》めるためにすでにアメリカに渡っていた。マネージャー二人は引き続き部を切り盛りしている。

――来年度はまた部員を集めるところから始めんといかん。桐仁《きりひと》には苦労をかけるのぉ。

辻と三ツ橋がいるのを期待して火ノ丸が道場の引き戸から中をのぞくと、そこには予想外の光景があった。辻と三ツ橋が、大きな男たちに囲まれていたのだ。男たちはみな学ランを着て厳《いかめ》しい顔つきをしている。

――もしや、不良学生の襲撃を受けているのか？　ここはワシが収《おさ》めるところじゃ！

引き戸をガラッと勢いよく開け、入り口に仁王立《におうだ》ちになった。

「このダチ高相撲道場、汚《けが》すものはワシが相手じゃ！」

火ノ丸の声が道場に響《ひび》き渡《わた》った。そこに居合わせた全員がポカンとした。

「火ノ丸、なにやってんの？」

辻が尋《たず》ねた。

「なにって……道場破りじゃろ？」

「こいつらは、全員入部希望者だよ。俺たちのインターハイ制覇《せいは》を受けて、この高校を受験した新一年生たちだ」

学ランを着た男たちが一斉《いっせい》に頭を下げた。

「よろしくおねがいします！」

「ほお、新入生か！　ワシらの相撲を見てきてくれたなんて、嬉《うれ》しい限りじゃ！」

火ノ丸は新一年生たちの顔を見上げた。彼らの顔には火ノ丸への憧れとこれから始まる部活への期待があふれている。

「こいつらが仲間に加わってくれるから、来年度は楽しみだよ。お前が抜けてボロボロに弱くなったら、恥ずかしいからな。俺たちダチ高は石高《いしこう》や全国のやつらを倒してまた頂点に立つ」

辻は腕組みして火ノ丸に宣言した。

そこへ、奥から小関と佑真が出てきた。

「潮《うしお》、早くまわし締《し》めてよ。みんな待ってたんだから」

小関が急《せ》かした。すでにまわしを締めている。火ノ丸の脳裏《のうり》に電車道《でんしゃみち》で持っていかれた相撲のことがよぎり、闘争心に火がついた。

「おお、絶好の仕返しの機会じゃ！　こないだ負けたことが悔《くや》しくて忘れられなかったからのぉ！」

「ちがうちがう、今日はこれをやりたいんだ」

小関がふっと笑った。小関と佑真が道場の隅を同時に指差した。そこにあるものに火ノ丸は目を奪われた。

「これは……」

「そう、横綱《よこづな》だよ。これを小学生横綱になったあと、巻いたんだろ？　今日はこれを久しぶりに巻いてほしいんだ」

横綱は木製の台の上に置かれていた。綱は真ん中にいくほど太くふくらみ、強い力でねじりあげられたのが手に取るようにわかる。

横綱とは、相撲で一番上の地位のことであり、江戸時代に相撲興行でとくに優《すぐ》れた力士が巻いた太い綱からその名前がついた。頂点の象徴であるその綱は、相撲に携《たずさ》わる人間にとって憧れの的《まと》であり、崇敬《すうけい》の対象だ。

火ノ丸は、小関や佑真たちが自分のために苦労して綱打ちをしてくれたことを想像して胸が熱くなった。

「そうじゃが、ワシがいまこれを巻く資格は……」

火ノ丸が躊躇《ちゅうちょ》していると、佑真が声をかけた。

「細《こま》かいことは気にすんなって。小関が、綱を巻いたお前の姿を生《なま》で学校のみんなに見せてやりたいって言うんだ」

「潮はインターハイ全国制覇と全日本三位で有名になったけどさ、まわし姿を見たやつは少ないからな。こんなにすげえやつがいるって、みんなに見せたいんだよ！　大相撲の横綱になるためにすべてを懸《か》けて本気で挑《いど》んでる潮ってやつが、どんなやつかを見せるには横綱締めた姿しかないって思ったんだよ！」

小関が熱く語った。その目は言葉以上に熱くたぎっている。その熱は火ノ丸の胸を焦《こ》がすほどだった。

「部長にそこまで言われたら、ワシも引《ひ》き退《さ》がれん！」

ニヤリと笑うと、火ノ丸は学生服を脱《ぬ》いでまわしを締めた。六人がかりで横綱をまわしの上からあてがい、両端を背中側に回して結び目を作る。小関が要領を心得ていて、「せーの、で引っ張ってくれ！」と三ツ橋や佑真、入部希望者たちに指示を飛ばした。火ノ丸の正面側には、辻が立っていて、綱の位置がずれないよう支えている。自分の肩に手を載《の》せている火ノ丸に辻が声をかけた。

「次は大相撲の横綱だな」

「おう、まかせとけ！」

火ノ丸は力強く誓《ちか》った。

大太刀高校の本校舎の前に、三人の相撲取りが歩を進めてくる。佑真が先頭になってゆっくりと歩く。その次に綱を締めた火ノ丸、しんがりに小関が続いた。

「ユーマさん、もうちょっとゆっくり！」

「けっこうゆっくり歩いてるぜ？　どうやってこれ以上ゆっくり歩けるんだよ」

「もっと重みをもって、ゆっくりどっしり」

「ったく、うるせぇな」

小関からの指示を煙《けむ》たがる佑真だったがおとなしく指示に従い、歩《あゆ》みをさらに遅くした。

火ノ丸はゆっくりと足を運びながら、かつてテレビで何度も見た横綱の土俵入《どひょうい》りを思い浮かべた。あの威厳ある姿に近づきたい、と心から願った。

――この綱を巻くのは小学生横綱になって以来じゃ。あのあと、ワシは中学で壁にぶち当たり、悩んでいた時期じゃった。ワシの相撲に対する批判を背中に浴びながら土俵入りを行った。いまのワシも個人戦では高校の頂点に立てていない。全日本相撲選手権でも三位に甘んじた。それでもいつか必ず大相撲の横綱をこの腰に巻くと誓って土俵入りをみなに見せるんじゃ！

先ほどから吹いている風がさらに強くなり、まわし姿の三人に容赦《ようしゃ》なく吹きつけた。火ノ丸の後ろで太刀《たち》のかわりに竹刀《しない》を持っていた小関は、手元にぐっと力をこめた。小関は「太刀持《たちも》ち」という役割を務《つと》めている。かつて横綱が刀を持つことを許されていたころの名残《なごり》だ。先頭を歩く佑真は「露払《つゆはら》い」という役目で、横綱を先導《せんどう》する役割だ。

「……やるのはいいけどよ、本当に誰か見にくるのかよ？」

寒風《かんぷう》を耐《た》え忍《しの》んで進む佑真がぼやいた。

本校舎の真正面まで歩みを進めると、火ノ丸が佑真と小関に呼びかけた。

「ここで止まって、右を向くんじゃ！」

三人がいっせいに校舎の正面を向くと、教室の窓からたくさんの生徒が自分たちを見ているのに気づいた。さらに、火ノ丸たちの姿に気づいた生徒たちが校舎からあふれてくる。

両脇《りょうわき》に小関と佑真を従えた火ノ丸に向かって、辻が威勢《いせい》よく声をかけた。

「いよっ、横綱！」

火ノ丸がふっと笑ったあと、一礼した。足を開いて仁王立《におうだ》ちになる。鍛《きた》え上《あ》げた、磨《みが》き抜かれた肉体が太陽の光に照らされた。低い身長を感じさせない威圧感が火ノ丸の体には

備わっている。腰を落とすと、太ももに力が入って筋肉が張り詰める。大きく腕を開いた。

パシンッ
火ノ丸の柏手《かしわで》の音が鋭《するど》く響《ひび》いた。ガヤガヤしていた生徒たちが一瞬で静まる。それを目撃していたレイナの心臓が高鳴った。

――ただ手を打っただけなのに、みんなが一気に引きこまれた。ほんとに、あのおチビは……。

レイナは火ノ丸の一挙一動を食い入るように見守った。火ノ丸の自信あふれる所作《しよさ》は、その小さな体をひと回りもふた回りも大きく見せた。

火ノ丸は腰を上げ、一歩、二歩と厳《おごそ》かに足を踏み出す。一つ一つの動作がゆったりとしていて、まるで神話のなかの巨人が歩いているかのようだ。再び手を二度打つと右腕、次に左腕と順に天へ向けた。まるで空に羽ばたこうとする鳥のようだ。

「あれって、どんな意味あるんだろ？」

「さあ……でも堂々としててオーラあるよな」

初めて土俵入りの所作を見る生徒たちは、火ノ丸の動きを不思議そうに見つめた。

四股《しこ》の動作に入った火ノ丸は、軽く腰を入れてから右足を高々と上げた。下半身の筋肉が躍動《やくどう》し、力強く盛り上がる。
見守っていた生徒たちから「おお」とどよめきが起きた。高々と足を上げている火ノ丸の姿に素直《すなお》に驚いたのだ。

ドンッ

火ノ丸の右足が力強く地面を踏んだ。その振動は教室の窓から見守っていた生徒にも地鳴りのように響いた。火ノ丸は四股を踏んだ体勢のまま地面に這《は》うように姿勢を低くしたあと、両腕を開いて大地の気を持ち上げるかのように力強くせり上がっていく。周囲から自然に拍手が湧《わ》いた。火ノ丸は拍手を一身に受けた。
——ワシはこの学校を中途で去る身じゃ。そんなワシにこんな温かい拍手を送ってくれるとは、ありがたい限り……！
再び力強く四股を踏む。横綱の四股は地に棲《す》む悪霊《あくりょう》を退散させると言われている。火ノ

丸は鬼神《きしん》のような殺気をほとばしらせながら地面を震わせた。

「よいしょー！」

辻を真似《まね》して、周囲から掛け声がかかった。本物の大相撲さながらの掛け声だ。

「日本一！」

「大相撲で横綱になれよー！」

生徒たちからさらに声援が飛んだ。それが火ノ丸の体に染《し》み渡《わた》り、さらに奮《ふる》い立《た》たせた。

――必ず大相撲で横綱になるんじゃ！

最後の四股を力強く踏み、火ノ丸は土俵入りを終えた。

「ありがとう、部長、ユーマ」

そこへ、わああっと生徒たちが寄ってきて火ノ丸たちを囲んだ。

「初めて見たけど、カッコよかったぜ！」

「鳥肌《とりはだ》立っちゃったよ」

「迫力あったぜ！」

「お前、ほんとにすげーやつなんだな！」

火ノ丸は思わず照れた。

「うへへへ」

すると、本校舎の二階から一眼《いちがん》レフカメラを持った写真部の女子生徒が叫んだ。

「ねー、集合写真撮ろうよ！　上からならみんなの顔写《うつ》るから、写りたい人集まれー！」

「おう！」

火ノ丸を中心に人だかりができていく。

「おーい、未来の横綱と写真撮りたいやつ、降りてこいよ！」

さらに教室から生徒が降りてきて、火ノ丸を囲む輪は膨《ふく》れ上《あ》がった。辻たち相撲部員もそこに加わった。

「桐仁、みんな、ありがとう！」

写真部の女子が手を振った。

「みんなー、こっち見てねー！　いくよー、三、二、一、大太刀ーっ!!」

相撲部の仲間や生徒たちにもみくちゃにされ、火ノ丸は満面の笑顔で写真に収まった。

■初出
火ノ丸相撲　四十八手　弐
書き下ろし

# [火ノ丸相撲 四十八手] 弐

2017年11月7日　第1刷発行

著　者／川田 ◉ 久麻當郎
装　丁／山本優貴 [Freiheit]
編集協力／佐藤裕介 [STICK-OUT]　北奈櫻子
編集人／島田久央
発行者／鈴木晴彦
発行所／株式会社　集英社

〒101-8050　東京都千代田区一ツ橋 2-5-10
TEL　編集部：03-3230-6297
読者係：03-3230-6080
販売部：03-3230-6393（書店専用）

印刷所／共同印刷株式会社



Printed in Japan　ISBN978-4-08-703436-3 C0093

検印廃止

火ノ丸相撲
JUMP J BOOKS
ジャンプ ジェイ ブックス
相撲
ひのまるずもう
集英社